Todo BDSM

Trilogía Chef Sumisa

Erika Sanders

Todo BDSM
Trilogía Chef Sumisa

Erika Sanders

Todo BDSM

Sinopsis

Consta de las siguientes novelas:
    Chef Sumisa 1
    Chef Sumisa 2
    Chef Sumisa 3

Todo BDSM es una serie de novelas de fuerte contenido erótico BDSM y, a su vez, pertenecientes a la colección **Dominación y Sumisión Erótica**, una serie de novelas de alto contenido BDSM romántico y erótico..

(Todos los personajes tienen 18 años o más)

Nota sobre la autora:

Erika Sanders es una conocida escritora a nivel internacional, traducida a más de veinte idiomas, que firma sus escritos más eróticos, alejados de su prosa habitual, con su nombre de soltera.

Indice

ERIKA SANDERS

TODO BDSM
TRILOGÍA CHEF SUMISA
ERIKA SANDERS

CHEF SUMISA

13

PRIMERA PARTE
CONSENTIMIENTO MUTUO

CAPÍTULO 1

La carta fue una bendición.

Apenas podía contener las lágrimas.

Cristina acababa de terminar sus estudios culinarios y su nuevo negocio de catering tenía un comienzo difícil.

Se quedó de pie en su pequeño departamento y revisó cada palabra de la carta escrita a mano.

Querida Cristina,

Espero que esta carta te llegue. Perdóname, pero no uso el correo electrónico. Y generalmente no me gustan las llamadas telefónicas. Estoy pasado de moda.

Soy un conocido de tu madre. Nos conocimos brevemente en la fiesta de un amigo mutuo hace varias semanas. Tu madre mencionó casualmente tu negocio de catering varias veces. Lo pensé y suena interesante. Nunca he contratado a un proveedor de catering antes.

Si estás interesada en un nuevo cliente, contácteme y tal vez podamos llegar a un acuerdo. Soy un cocinero terrible. Y escuché que eres muy buena.

Mis mejores deseos y buena suerte con tu negocio,
Paul

Finalmente, pensó ella. La buena suerte comenzaba a venir en su camino.

CAPÍTULO 2

Una semana después.

Cristina conducía por el rico vecindario en su viejo y destartalado automóvil.

Claramente Llamaba la atención, pero no le importaba.

Estaba feliz de estar en este vecindario para un posible trabajo potencial.

Aparcó en la entrada de la dirección que le habían indicado.

No tenía idea de cómo se veía Paul.

Su única interacción real fue una breve llamada telefónica para organizar la reunión.

Cristina llamó a la puerta.

Respondió una anciana negra.

La mujer llevaba un traje de sirvienta.

La mujer permaneció extrañamente callada mientras se miraban.

"Hola", dijo Cristina torpemente. "Estoy aquí para ver a Paul".

La anciana negra asintió.

"Entre por aquí."

Cristina entró y la criada cerró la puerta.

La criada la condujo por las escaleras de una casa bastante grande.

Cristina miró a su alrededor con ojos llenos de envidia.

Todo era antiguo, oscuro y rústico.

Había antigüedades por todas partes.

Pinturas clásicas se exhibían en las paredes.

Llegaron a un pasillo y la criada abrió una puerta después de tocar primero.

Cristina entró, luego la criada se fue.

Era una sala de oficina.

Paul estaba sentado detrás de su escritorio trabajando.

Era un hombre guapo de unos 40 años.

Tenía una expresión en la cara como de piedra que era imposible de leer.

Su cara era perfecta para el póker.

Su rostro permaneció inexpresivo.

"Por favor, toma asiento", dijo.

Cristina estaba intimidada por su presencia y por su propia falta de experiencia empresarial.

Nunca antes había cerrado un trato.

Ella se sentó frente a su escritorio.

"Debes ser nueva en esta línea de trabajo", dijo.

"¿Por qué dices eso?"

"Pude sentir tu nerviosismo cuando entraste. Deberías intentar relajarte. Tranquila, estoy para ayudarte en lo que necesites".

Ella esbozó una sonrisa incómoda.

"Lo tendré en cuenta."

"Está bien. Ahora cuéntame sobre tu negocio de catering."

"Bueno, todavía es bastante nuevo", dijo después de pensarlo un poco. "Puedo preparar comidas para satisfacer sus preferencias específicas. Si necesita catering para una fiesta, puedo contratar personas adicionales. Tengo muchos amigos de la escuela culinaria".

"Eso no será necesario. Prefiero que trabajes sola. Hay menos problemas de esa manera".

Cristina asintió con la cabeza.

"Supongo que vives solo y quieres que te prepare las comidas".

"Muy astuta".

"¿Tenías un acuerdo específico en mente?"

"Eso depende", respondió Paul. "¿Estás ocupada?"

Ella le dio una sonrisa avergonzada.

"Al contrario. Eres mi primer cliente real. He hecho pequeñas cosas aquí y allá. Principalmente para amigos de mi madre que me estaban haciendo un favor".

"¿Quieres un consejo comercial gratuito? Nunca reveles una debilidad. No suena bien".

"Oh, claro. Lo recordaré".

"En cuanto a un acuerdo", respondió Paul. "¿Podrías prepararme las comidas? Almuerzo y cena".

"Claro. Eso no será un problema".

"Excelente. Me gustaría que me entregaran las comidas en mi casa a las 11:30 de la mañana en punto. De lunes a viernes".

"Por supuesto", asintió ella.

"Este acuerdo, como poco, durará los próximos meses. Cualquiera de nosotros tiene la opción de cancelar el acuerdo en cualquier momento. ¿Entendido?"

"Sí, entiendo."

"Excelente."

"¿Tienes alguna preferencia por las comidas?" Cristina preguntó. "Mis especialidades incluyen francés, italiano y diferentes estilos de Asia..."

Sacudió la cabeza.

"Eso no importa. Solo tráela a tiempo".

"Bueno."

"Ahora discutamos los números. ¿Cómo te suenan 100 dólares por día? ¿Es justo?"

Los ojos de Cristina se abrieron.

El trabajo y la cantidad ofrecida era mucho más de lo que esperaba.

Se dio cuenta de que debía de parecer una tonta con una expresión de cachorrita en su rostro, así que recuperó la compostura.

"Eso suena razonable", respondió con calma. "Si, está bien."

"Entonces está arreglado. ¿Puedes comenzar mañana?"

"No hay problema. ¿Pero estás seguro de que no quieres probar mi cocina primero?"

"Francamente, no me importa el sabor de la comida. Fuiste a la escuela culinaria. Eso para mí es lo suficientemente bueno. No quiero preocuparme por la comida mientras estoy trabajando".

Cristina asintió con la cabeza.

"Está bien. Entiendo. ¿Puedo preguntarte qué es lo que haces? Tu casa es hermosa. Me encanta el ambiente rústico".

"He hecho varias cosas en mi vida. En estos días soy comerciante de arte. También trato con antigüedades raras. Por el momento, me estoy centrando en mis escritos".

"¿Que escribes?" ella preguntó.

"Unas memorias. No pretendo ser alguien famoso o importante. Pero tengo algunas historias que compartir. Sería una pena que nadie las escuchara. También estoy trabajando en algunos libros de ficción".

"Oh, suena interesante. Tal vez pueda leerlos algún día. Me encanta leer biografías y memorias".

Paul esbozó una leve sonrisa.

"No creo que te interese".

"¿Por qué no?"

"Es una suposición. ¿Pero quién sabe? A veces me equivoco acerca de estas cosas".

"Está bien", Cristina asintió torpemente.

Paul se levantó y caminó hacia Cristina.

Ella entendió y se puso de pie también.

Paul era casi un pie más alto que ella.

Su físico se alzaba sobre el delgado y pequeño cuerpo de Cristina.

Él extendió la mano y se dieron un apretón de manos.

"Oficialmente tenemos un trato", dijo. "Espero la primera serie de comidas mañana a las 11:30 de la mañana. No llegues tarde. No tolero la desobediencia".

Ella tragó saliva.

"Sí señor."

CAPÍTULO 3

Cristina seguía impresionada por la reunión con Paul.

Se acostó en la cama y miró al techo.

La oferta parecía demasiado buena para ser verdad.

Era casi increíble.

Pero temía que hubiera sido una broma cruel, pensaba.

Levantó su teléfono y llamó a su madre.

Su madre siempre respondía sus llamadas en unos pocos tonos.

Cuando contestó al teléfono, Cristina no perdió el tiempo y se lo explicó todo.

No se escatimó ningún detalle.

Cristina le contó a su madre todo sobre la oferta y todas las sensaciones que tuvo al conocer a Paul.

"Eso es maravilloso", respondió su madre.

"Lo sé. Es algo loco, ¿verdad? Pero no creeré nada de esto hasta que su dinero esté en mi mano. Hasta entonces, imagino lo peor".

"Concéntrate en pensamientos positivos, Cristina. Tu negocio finalmente está despegando".

"Eso espero. Quiero decir, ¿100 dólares al día por dos comidas? Incluso si me despide la semana que viene, aún me alegraré de haber ganado tanto dinero".

"Yo no me preocuparía por eso".

"¿Qué quieres decir?" Cristina preguntó.

"Aparentemente, Paul tiene buenas reservas económicas".

"Me di cuenta. Su casa era como un museo".

"Ahí lo tienes. No tienes que preocuparte de que sus finanzas se acaben. Solo mantenlo contento con excelentes comidas, excelente servicio y no llegues tarde".

"¿Qué sabes sobre ese tipo?" Cristina preguntó en un tono más serio. "Parece un poco raro, ¿no?"

Su madre pensó por un momento.

"De alguna manera. Solo lo conocí una vez en una fiesta. Es un tipo muy inteligente. Sin tonterías. Directo".

"Definitivamente es él", bromeó Cristina.

"Sin embargo, no lo subestimes. Aparentemente es un encanto con las damas".

"¿De verdad?"

"Eso es lo que he escuchado. Asegúrate de mantenerte alejado de su encanto irresistible", bromeó.

"Muy graciosa", respondió Cristina. "Sin embargo, definitivamente no es mi tipo. Demasiado viejo. Y demasiado aburrido".

"Me alegra que tu negocio haya tenido un gran comienzo".

"Ya veremos."

"Concéntrate en pensamientos positivos, Cristina".

CAPÍTULO 4

Pasaron las semanas.

Cristina ya había preparado docenas de comidas para Paul.

Y ella había ganado miles de dólares durante ese tiempo.

La rutina diaria era siempre la misma.

Levantarse temprano por la mañana.

Cocinar.

Colocar todo cuidadosamente en contenedores.

Llevarlo a la casa de Paul antes de las 11:30 de la mañana.

Nunca llegar tarde.

Y nunca desobedecer.

Un día se le pidió a Cristina que preparara el almuerzo, que había traído, en un plato en la cocina.

Entonces ella lo hizo.

Era la primera vez que realizaba tareas en la cocina de Paul.

Estaba orgullosa de su comida.

Sabía que sabía muy bien, aunque Paul nunca le había felicitado por ella.

Él bajó las escaleras con ropa casual.

Como siempre, su rostro era casi inexpresivo.

Miró la comida presentada en la mesa del comedor y no se molestó en comentarla.

"¿Debería irme ahora?" Cristina preguntó torpemente.

"Quédate un momento. Hay algo que quiero preguntarte".

"Bueno."

Paul se sentó a la mesa del comedor mientras Cristina permanecía de pie.

"¿Qué otros servicios ofreces?" preguntó. "Además de cocinar".

Cristina se sorprendió y se mantuvo firme.

Se preparó para más insinuaciones.

Estaba preparada para el acoso sexual.

"Brindo un servicio de catering honesto. Cocino comidas gourmet. Eso es todo. Si está buscando otros servicios, le sugiero que busque en otro lado".

"¿Y por qué es eso?" preguntó con severidad.

"Honestamente, no eres mi tipo".

"Tú tampoco eres mi tipo".

Se sintió aún más ofendida.

"Mira, creo que nuestro arreglo está funcionando bien. Mantengámoslo así. Cualquier otra cosa no va a funcionar".

"¿Crees que estoy solicitando favores sexuales?" preguntó.

Cristina se congeló.

"¿No es así?"

"No lo creo."

Su cara se puso roja como la remolacha.

"Oh, lo siento señor".

"Olvídalo", respondió. "Lo pregunto porque mi criada se jubilará pronto. Si tienes tiempo extra, entonces tal vez podrías ayudarme con mis tareas de limpieza".

"¿Qué tendría que hacer?"

"Nada difícil. Limpiar los platos. Mantenerlo todo limpio".

"Tendré que pensar en eso."

"Serás bien compensada, por supuesto", respondió. "Y no te preocupes, no te pediré sexo. No eres mi tipo".

Ella se sonrojó de nuevo.

"Lo siento por lo de antes. Pero lo consideraré. ¿Por qué no?"

"Ten en cuenta la oferta. Mi trabajo está funcionando sin problemas y agradecería un poco de ayuda con el mantenimiento del hogar".

"No sales mucho, ¿verdad?"

"Ya viajé por el mundo y lo vi todo", respondió. "En esta parte de mi vida me concentro en mis escritos. A veces salgo. Todavía me encanta hacer ejercicio. Pero no quiero preocuparme por el mantenimiento del hogar. Pareces una joven capaz, así que te ofrezco trabajo extra".

Cristina asintió con la cabeza.

"Eso es muy generoso de tu parte."

"Con el dinero extra, podrías comprarte un nuevo guardarropa y un auto nuevo".

Ella se sintió un poco molesta por ese comentario.

"Lo entiendo. Necesito dinero. No tienes que restregármelo".

"No estaba tratando de hacerlo".

"Bien. Lo haré. Haré algunas tareas adicionales de limpieza para ti".

"Excelente", respondió con una rara sonrisa. "Discutiremos el suelo más tarde".

Ella caminó hacia Paul y extendió su mano para un apretón de manos.

Paul se levantó como un caballero y le dio la mano.

El trato estaba sellado.

SEGUNDA PARTE
LA PUERTA CERRADA

CAPÍTULO 5

Cristina logró encontrar algunos otros clientes para algunos trabajos pequeños.

Pero la mayor parte de su trabajo lo realizaba para Paul.

Ella preparaba sus comidas cada día de la semana.

Con el tiempo, ella comenzó a hacer más trabajos para él.

Ella hacía pequeños trabajos de limpieza por algún dinero extra.

Cristina siempre había sido una persona desorganizada para tareas domésticas, por lo que le resultaba irónico que estuviera haciendo las tareas del hogar para otra persona.

Pero el dinero era bueno, así que no le importaba.

Los platos tenían que limpiarse y disponerse de cierta manera.

Las ventanas tenían que estar impecables.

Los muebles tenían que estar libres de polvo.

Paul limpiaba los pisos él mismo.

Paul era una persona muy particular.

Y esos rasgos desquiciaban a Cristina a veces.

Pero el dinero era bueno.

En cierto modo, Cristina se sentía orgullosa de ayudar a Paul.

De alguna manera extraña, sentía como si estuviera ayudando a Paul a lograr su objetivo de poder escribir sus libros.

Ella se preocupaba por él como persona.

CAPÍTULO 6

La mesa del comedor estaba ordenada.

El almuerzo estaba preparado.

Cristina miró el plato y admiró su hermoso trabajo.

La escuela culinaria había valido la pena.

No podía esperar a que Paul lo probara, a pesar de que Paul nunca daba cumplidos.

Paul llegaba inusualmente tarde a la comida.

Nunca llegaba tarde.

La puerta de arriba estaba ligeramente abierta y Cristina escuchaba como el teclado se usaba furiosamente.

Ella sabía que él todavía estaba ocupado.

Ella caminó hacia la escalera y pensó si debería llamarlo o no.

Ella no quería interrumpir su trabajo.

Pero ella sabía que Paul era un hombre que necesitaba el orden.

¿Tal vez perdió la noción del tiempo?

Entonces ella la vio.

Cerca de la escalera, la puerta estaba abierta, ligeramente abierta.

Era una habitación que Paul había dicho que estaba prohibida.

Paul quería que limpiara todas las habitaciones excepto esa habitación.

La curiosidad de Cristina alcanzó su punto máximo.

Todavía escuchaba a Paul escribiendo arriba.

Ella quería echar un vistazo a la habitación secreta.

Quería conocer los pequeños secretos de Paul, sin importar cuán pequeños sean.

Ella estaba interesada en él.

Estaba interesada en el hombre al que había estado sirviendo durante semanas.

Dio unos pasos tranquilos hacia la puerta.

Ella asomó la cabeza hacia dentro.

El cuarto estaba oscuro.

Encendió el interruptor de la luz y la habitación quedó brillantemente iluminada.

Para sorpresa de Cristina, la habitación era el lugar menos elegante de la casa.

Pero todo parecían antigüedades.

Entró y miró a su alrededor.

Había una variedad de dispositivos de madera y metal.

Los diseños parecían ser de la época medieval.

Los aparatos parecían lo suficientemente grandes como para que una persona se sentara o se acostara.

Varios látigos y cadenas estaban colgando en la pared.

Había muchas sogas en una mesa cercana.

Cristina usó su dedo para tocar un dispositivo de metal.

Le pasó el dedo y lo miró.

La punta de su dedo estaba cubierta de una fina capa de polvo.

La habitación no había sido utilizada en mucho tiempo.

"No deberías estar aquí", dijo Paul desde atrás.

Cristina fue tomada por sorpresa por el sonido de su voz y dio un respingo.

Se dio la vuelta para ver a Paul de pie junto a la puerta.

"Oh, lo siento."

"¿No dije que esta habitación está fuera de tus tareas?" preguntó, caminando casualmente dentro.

"Lo sé. Pero estaba abierta y tuve curiosidad. Pensé que tal vez querías que la limpiara".

"No. Estaba planeando limpiarla yo mismo más tarde".

Cristina tragó saliva.

"Tu comida está lista. Está empezando a enfriarse".

"Puede esperar", respondió, caminando dentro de la habitación para mirar los dispositivos. "Debes preguntarte qué es todo esto".

"Parece una cámara de tortura medieval".

"Tienes casi razón. Algunas de estas cosas fueron construidas hace siglos durante la época medieval. Pero no necesariamente para la tortura".

"¿Entonces para qué?"

"Placer. Placer sexual", respondió sin rodeos.

Cristina se sorprendió.

"No puedo imaginar cómo. Estas cosas se ven tan dolorosas".

"Ese es el punto."

"¿Entonces son dispositivos de esclavitud, básicamente?"

El asintió.

"Estos fetiches han existido durante siglos. ¿Puedes creer que estos dispositivos fueron construidos para las familias reales y la nobleza?"

"No me sorprendería. La mayoría de las personas ricas son un poco depravadas".

Él levantó una ceja.

"¿Eso me incluye a mí?"

"Oh, no, no me refería a ti", ella retrocedió rápidamente.

"Sólo estaba bromeando."

Cristina se relajó.

"Por supuesto. Entonces, ¿por qué están todas estas cosas encerradas en esta habitación? ¿Por qué no las vendes a un museo o algo así?"

"Tal vez algún día. Pero por ahora, estoy escribiendo sobre ellas en mi libro. También estaba planeando tomarles fotos. Es por eso por lo que la habitación estaba abierta".

"Tu libro debe ser interesante".

"Eso espero", respondió. "He estado escribiendo sobre sexo. Del tipo de dominación y esclavitud sexual".

Cristina arqueó las cejas.

"¿En serio? No pareces el tipo de hombre para ese tipo de cosas".

"Entonces, ¿qué tipo de chico me parezco?"

"No lo sé. Blando. Fresa. Sin ofender".

"Ninguna ofensa", respondió. "Era una persona muy diferente hace años. No siempre estuve tan recluido".

"¿Qué cambió?"

Paul se frotó los dedos contra un dispositivo de metal.

"Es una larga historia. Puedes leer mi libro cuando termine de escribirlo".

"Bueno, lo espero con ansias. Parece que tienes algunas historias interesantes que contar".

"¿Sabes qué es un Amo?" preguntó.

"Solo lo básico", se encogió de hombros. "Un tipo que manda a las mujeres. Látigos. Cadenas. Nalgadas. Ese tipo de cosas, ¿verdad?"

"Más o menos. He sido un Amo para muchas mujeres sumisas. Mujeres hermosas con deseos oscuros".

"¿Les pegaste?" ella preguntó con curiosidad.

"A veces."

"¿Qué pasa con estos dispositivos?" ella preguntó. "¿Alguna vez los usaste en tus esclavas?"

"Ocasionalmente. Pero los métodos no son importantes. No se trata de las nalgadas o los dispositivos. Se trata de la rendición. Ellas me entregan sus cuerpos. Y hago lo que quiera con ellos. Al final, el placer es mutuo".

Cristina guardó silencio por un momento.

Miró a Paul directamente a los ojos y supo que cada palabra que estaba diciendo era verdad.

Ella sabía que era algo con lo que Paul tenía experiencia.

Ella sabía que era algo que Paul añoraba hacerlo de nuevo.

"Tu comida se está enfriando", dijo.

"¿Eso es todo lo que te importa?"

Ella se congeló un momento.

"Bueno, el catering es para lo que me contrataste, ¿no?"

"Eres una chica inteligente", dijo con una leve sonrisa. "Estás empezando a gustarme."

Paul se acercó y le dio a Cristina una palmada amistosa en el hombro.

Luego se dio la vuelta y salió de la habitación mientras Cristina se quedó confundida por el incómodo encuentro.

Ella lo siguió al comedor y lo observó comer.

CAPÍTULO 7

Más tarde aquella misma noche.

Era la llamada telefónica que Cristina había temido que llegara durante los últimos meses.

"¡¿Cómo?!" Cristina preguntó.

"Finalmente es la hora", respondió su madre. "Tu padre y yo ya no te apoyaremos financieramente. Sentimos que eres lo suficientemente mayor para valerte por ti misma".

"Te das cuenta de que vivir en la ciudad es caro ¿verdad?"

"Cariño, nadie te obliga a vivir en la ciudad. Siempre puedes acercarte a casa y encontrar algo más barato donde vivir".

"No, gracias", suspiró Cristina.

"No sé por qué estás actuando tan sorprendida. Te he estado poniendo sobre aviso durante los últimos meses. Cuando tenía tu edad, yo..."

"Los tiempos han cambiado mamá. ¿Has visto las noticias? Esta situación economía es difícil. El costo de vida es una locura"

"Pero tu negocio está despegando", respondió su madre.

"Apenas."

"Necesitas ser un poco más experta en negocios si quieres tener éxito. Hay tantos clientes potenciales en la ciudad. Todo lo que tienes que hacer es encontrarlos. Eres una gran cocinera y una buena persona. Tengo fe en ti, Cristina ".

"Sí, tienes razón. Estaba pensando en ir a contactar con varias compañías para ver si necesitan catering para fiestas".

"Ese es el espíritu emprendedor", respondió con orgullo su madre.

"Si la vida fuera tan fácil".

"Las cosas buenas vienen cuando eres persistente. Hablando de eso, ¿sigues trabajando con Paul? ¿Cómo va eso?"

"Va bien", dijo Cristina vagamente.

"¿Y bien? ¿Eso es todo? ¿Algún detalle interesante?"

"En realidad no. Cocino para él cinco días a la semana. Me paga mucho dinero por el servicio que brindo. Es una especie de tipo extraño".

"Mira quién habla", bromeó su madre.

"Graciosa."

"Solo estoy bromeando. Tienes razón. Paul parece un poco distante. Sin embargo, es un tipo inteligente".

"Definitivamente es una persona interesante", respondió Cristina. "Y él me mantiene empleada. Así que no me puedo quejar".

"Tampoco deberías hacerlo. Si deseas que tu negocio crezca, siempre debes dejar satisfechos a tus clientes. Eso siempre funcionó para mí".

Cristina se detuvo un momento.

"Sabes, me acabas de dar una idea".

"No estoy segura de que me guste cómo suena eso".

"Gracias mamá. Eres la mejor".

"Bueno, cuídate, Cristina. Siempre te estoy apoyando. Te amo".

"Yo también te amo mamá".

Después de que terminó la llamada, Cristina tenía un firme sentido de resolución.

Estaba decidida a tener éxito sin la ayuda de sus padres.

CAPÍTULO 8

Al día siguiente.

Cristina esperó atentamente mientras Paul se comía su almuerzo.

Ella limpió la cocina y se encargó de algunas tareas domésticas para él.

Cuando Paul terminó de comer, ella regresó al comedor y le quitó el plato.

Antes de que Paul tuviera la oportunidad de irse, ella se paró frente a la mesa del comedor con una postura respetuosa.

"He estado pensando", dijo Cristina con las manos juntas. "Este acuerdo realmente ha funcionado bien. He estado ocupándome de la mayoría de tus comidas y tareas domésticas, y para que puedas concentrarte en tu trabajo".

Paul se echó hacia atrás, sabiendo que se avecinaba una propuesta.

"Estoy de acuerdo. Esto ha estado funcionando bien. Mejor de lo que esperaba".

"Entonces, ¿cómo te sentirías si quisiera expandir mis tareas aquí? Por dinero extra, por supuesto".

"Ya estás haciendo más de lo que necesito. Y ya te estoy pagando un salario extremadamente generoso".

"Aprecio eso", dijo Cristina cortésmente. "Pero te beneficiarías más si hiciera más cosas por ti. El toque de una mujer siempre es útil para un hombre soltero".

Paul pensó por un momento.

"Es un punto interesante. Continúa".

"Estoy segura de que hay muchas otras cosas que podría hacer por ti".

"¿Como qué?"

Cristina quedó pensativa por un momento.

"Bueno, eso depende de ti. Tal vez podría limpiar esos dispositivos de la habitación cerrada. Esa habitación estaba polvorienta. Podría hacer un trabajo extra de limpieza. Y tal vez podría organizar una fiesta para ti".

"¿Por qué de repente estás tan interesada en más dinero?" Paul preguntó.

"Creo que podrías aprovecharte del toque de una mujer. Piensa en todas las fiestas que podrías organizar. A la gente le encantaría la comida. Tu vida social sería genial".

"Dime la verdad. ¿Por qué necesitas dinero extra?"

Cristina hizo una pausa por un segundo.

"Mis padres no me van a dar más efectivo. Y el alquiler en esta ciudad es abrumador. Si hay algo más que necesites que haga por aquí, estaría feliz de hacerlo".

Paul asintió con simpatía.

"Me gustas como persona, Cristina. Trabajas duro y te diviertes haciéndolo. Pero no voy a darte dinero gratis, especialmente cuando ya te estoy pagando generosamente".

"Entiendo", respondió Cristina, tratando de contener su tristeza. "Gracias por escucharme de todas formas. Volveré mañana".

"Todavía no he llegado a mi punto final", agregó. "Trataré de pensar en algo. Algo adecuado para tus habilidades y atributos. Cuando encuentre algo, te lo haré saber, y serás recompensada por ello. ¿Suena justo?"

Ella sonrió.

"Suena genial".

CAPÍTULO 9

Los días fueron pasando.

Paul nunca hizo una oferta.

Cristina nunca le preguntó porque no quería ser una molestia.

Ella preparaba el almuerzo de Paul como lo hacía normalmente.

Paul bajó las escaleras al comedor antes de lo habitual.

Se sentó y esperó mientras Cristina todavía estaba preparando todo.

"Se ve bien", dijo cuando Cristina trajo el plato de comida.

Realmente se sintió como un momento raro que él la felicitara.

"Gracias. Es cordero asado con una guarnición de verduras al horno".

Paul acercó un asiento a su lado.

"Siéntate. Hay algo que quiero discutir contigo".

Cristina se sentó y esperó lo que tenía que decir.

"He pensado en tu petición para más trabajo", dijo. "Especialmente sobre la necesidad de un toque femenino por aquí. De todos modos, iré directo al grano, podría usar algo tuyo de inspiración para mis escritos".

"¿Inspiración? ¿Cómo es eso?"

"Tal vez podrías posar para mí. He estado luchando con el bloqueo del escritor últimamente y me podría ayudar algo para mirar".

Cristina dio una expresión aprensiva.

"¿Estás seguro de que no quieres que organice una fiesta para ti o algo así? Eso probablemente funcionará mejor".

"No estoy interesado en organizar una fiesta", respondió, recostándose en su silla. "Lo siento, sólo pregunté. Fue inapropiado".

Ella pensó por un momento.

"¿Cuánto dinero ofrecerías?"

"Todo depende."

"¿De?"

"Del trabajo que realizaras", dijo. "Nunca antes había contratado un modelo. Pero sé que ayudaría con mis escritos".

"Oh, bueno, lo tendré en cuenta".

"No lo hagas. Fue un error preguntar. Si no te importa, me gustaría comer ahora. Tengo otras cosas que hacer más tarde".

"¡Lo haré!" Espetó Cristina.

"¿Qué?"

"El trabajo de modelaje que me ofreciste. Nadie lo sabrá, ¿verdad? Se queda estrictamente entre nosotros, ¿verdad?"

"Así es", asintió. "No habrá ningún registro de ello. Solo necesito la inspiración".

"Estoy interesada."

Paul dio un leve suspiro.

"No creo que entiendas. Fui apresurado en mi oferta. No creo que mis gustos sean para ti".

"¿Por qué no?"

"Porque te veías muy incómoda en la sala de dominación".

Cristina estaba un poco desconcertada.

De repente se dio cuenta de que Paul estaba buscando inspiración para sus historias de dominación.

Pero independientemente de eso, pensó en el dinero.

"Puedo aprender a sentirme cómoda con eso", respondió ella. "Solo dame tiempo. Mientras nadie lo sepa, estaré bien".

Paul le dio una mirada larga y escéptica.

"Como quieras. Preséntate aquí mañana a las ocho y media de la mañana. Resolveremos las cosas a partir de entonces".

"Gracias."

Cristina se levantó y extendió su mano para un apretón de manos.

Paul extendió la mano y le estrechó la suya.

CAPÍTULO 10

Más tarde esa misma noche.

Cristina estaba en la cocina preparando las comidas para el día siguiente.

Sabía que no tendría tiempo de hacerlo al día siguiente ya que Paul esperaba que ella estuviera allí a las ocho y media de la mañana.

Después de que todo estuvo preparado, Cristina se miró en el espejo.

Se preguntó si era lo suficientemente bonita para modelar para Paul.

Se preguntó qué sorpresas habría en la sala.

Si sería dulce o no.

Y se preguntó de cuánto dinero estaríamos hablando.

Paul siempre había sido generoso con los pagos financieros.

Sobre todo, se preguntó cuánta dominación quería ver Paul.

El lado racional de Cristina controlaba la situación: el dinero es bueno.

Y nadie lo sabrá nunca.

Mi pequeño secreto con Paul.

Se desnudó y se probó unos atuendos bonitos delante del espejo del dormitorio.

Finalmente se decidió por un sencillo vestido amarillo.

No era demasiado revelador.

Y no era demasiado mojigato tampoco.

Era el justo medio.

Se cepilló el pelo y pensó en cuánto maquillaje usar.

Entonces ella decidió no hacerlo.

Haría la situación demasiado incómoda.

Todo estaba dispuesto.

Ella estaba lista para el trabajo.

CAPÍTULO 11

La mañana del día siguiente.

Cristina apareció en la casa de Paul a las ocho y cuarto.

Ella quería asegurarse de que estar preparada con antelación.

Ella llevaba su vestido amarillo.

Su cabello estaba bien peinado y su rostro estaba limpio de maquillaje.

Ella ya era bonita de forma natural.

Después de que Cristina colocó los contenedores de comida dentro del frigorífico en la cocina, se sentaron juntos en la sala privada, en los aparatos de madera.

"¿Qué tienes en mente?" Cristina preguntó.

"Depende. ¿Cuáles son tus límites?"

Cristina se encogió de hombros.

"No lo sé. Nunca he hecho este tipo de cosas antes".

"Entonces supongo que será mejor que lo descubramos".

Los ojos de Cristina recorrieron brevemente la habitación de nuevo.

Era la habitación más insulsa de la casa.

Las paredes estaban lisas.

Pero había dispositivos antiguos de varios tamaños y formas.

Todos ellos parecían tan intimidantes.

"Mantendré la mente abierta", dijo. "Pero no me gusta el dolor. Y no quiero que me presiones demasiado rápido. No hay necesidad de apresurarse. ¿De acuerdo?"

El asintió.

"Gracias por ser clara. Debes saber que soy un hombre muy paciente. Lo he hecho durante muchos años con innumerables mujeres sumisas. Nunca presiono más a menos que ella esté lista".

Esas palabras enviaron un extraño sentimiento por la columna de Cristina.

No podía dejar de pensar en la frase "mujeres sumisas".

En cuestión de un momento, ella se dio cuenta que muy bien podría estar en la misma posición que esas 'mujeres sumisas'.

"Está bien", asintió ella. "Gracias. Entonces, ¿cómo deberíamos comenzar?"

Paul se levantó y paseó lentamente por la habitación, mirando cada uno de los dispositivos mientras Cristina permanecía sentada en una posición recatada.

Él miraba cada dispositivo de una manera tal que puso nerviosa a Cristina.

"¿Alguna vez has estado atada antes?" Paul preguntó.

Cristina sacudió la cabeza.

"Obviamente no."

"¿Te gustaría estarlo?"

"No lo sé."

Hizo un gesto hacia la mesa de madera.

"¿Por qué no lo intentamos?"

"No lo sé", ella se encogió de hombros nerviosamente.

"¿Es esto demasiado para ti? Necesito ver algo para inspirarme. Observarte sentada allí no me va a ayudar mucho".

Cristina se levantó lentamente y respiró hondo.

"Haré lo que quieras."

"¿Estás segura? Cristina, no quiero que hagas algo con lo que no te sientas cómoda. Puedo encontrar otras formas de pagarte".

Ella tomó otra respiración profunda.

"No, estoy segura. llegamos a un acuerdo para modelar, y tengo la intención de seguir adelante".

"¿Estás segura?"

"Si totalmente."

"Entonces recuéstate", dijo Paul, señalando hacia la mesa de madera.

La mesa se veía dolorosamente incómoda.

Parecía vieja y rústica.

Pero era lo suficientemente baja como para que una persona pudiera acostarse fácilmente sobre ella.

Había viejas barras de metal en cada lado de la mesa, lo que le daba a Cristina una sensación incómoda.

Poniendo los sentimientos a un lado, se recostó sobre la mesa.

Fue doloroso e incómodo como ella esperaba.

Estaba convencida de que la mesa estaba diseñada para la tortura, no para el placer.

Se preguntó cómo alguien podría sentir placer por tal cosa.

Se tumbó en el centro de la mesa y miró directamente al techo.

"Voy a atarte las muñecas", dijo él, parándose sobre su cabeza.

Ella permaneció en silencio por un momento mientras miraba la figura de Paul parada sobre ella.

"Está bien", respondió ella, levantando las muñecas. "Adelante."

Paul tomó suavemente sus muñecas y las llevó a la barra de metal sobre la mesa.

La barra estaba fría como ella esperaba.

La textura contra su piel no era muy suave, lo que era una señal de que la barra se hizo hace mucho tiempo, antes de la maquinaria moderna.

Sintió que le ataba las muñecas a la barra con una cuerda gruesa.

Cristina no se molestó en mirar.

Ella mantuvo sus ojos en el techo.

"¿Duele?" preguntó.

"No, estoy bien."

Sus pasos se oyeron por la habitación.

Cristina no se molestó en mirar a Paul.

Pero se preguntó qué debía estar pensando Paul.

Verla con un bonito vestido, con las muñecas atadas, debe de ser excitante para Paul, pensó.

"Dime otra vez", dijo. "¿Cuál es tu límite?"

Ella tragó saliva.

"Simplemente no me hagas daño".

"¿Puedo abrir tu vestido?" preguntó con voz suave.

"No, eso no."

"Entonces supongo que tienes otros límites", respondió con una leve sensación de diversión.

"Supongo."

"¿Puedo tocarte?" preguntó. "Está perfectamente bien si te niegas. Pero ya que hemos llegado hasta aquí, y ciertamente te ves atractiva".

"Si quieres", respondió tímidamente.

"No se trata de lo que quiero. Se trata de con lo que te sientas cómoda".

Luchó con sus pensamientos por un momento.

"Estoy cómoda con eso. Está bien. Adelante, si quieres. Quiero decir, estoy cómoda con eso".

"¿Estás segura, Cristina? No quiero presionarte si no estás cómoda".

"Siempre y cuando tú, ya sabes…"

"¿Siempre y cuando te compense financieramente?" preguntó, medio divertido.

Su tono y fraseo hicieron que Cristina se sintiera aún más incómoda.

"Sí", respondió ella.

"No tienes que preocuparte por eso".

Cristina esperaba alguna broma sarcástica más en respuesta, pero Paul había terminado de hablar.

Él caminó hacia ella mientras continuaba acostada sobre la mesa.

Cristina lo vio mirando su cuerpo.

Estaba claramente nerviosa.

Ella no sabía lo que él estaba planeando.

Sus ojos se deleitaron y vagaron por su cuerpo.

Finalmente se decidió.

E hizo su movimiento.

Paul se agachó y tocó la rodilla de Cristina.

Fue un toque repentino que la tomó por sorpresa.

Ella se estremeció.

"¿Estás bien, Cristina?"

"Estoy bien. Simplemente, no esperaba eso".

Él deslizó su mano más abajo por su muslo.

Su mano se deslizó más profundamente hasta que quedó debajo de su falda amarilla.

A Cristina le incomodaba, pero también la hacía sentir un hormigueo entre las piernas.

Sus ojos permanecían enfocados en el techo.

"¿Te importa si continuamos más?" preguntó. "Ya hemos llegado hasta aquí".

"Adelante. No me importa".

"¿Estás segura?"

"Estoy segura."

Paul levantó la falda de Cristina y la empujó hacia arriba.

Sus bragas estaban expuestas.

Paul deslizó su mano debajo de las bragas de Cristina.

Naturalmente, ella se estremeció de nuevo, pero se contuvo.

La mano de Paul frotó su entrepierna.

El cuerpo y los pies de Cristina se tensaron.

"Tienes que relajarte", dijo Paul. "De lo contrario, esto no servirá para mucho".

"Bueno."

Cristina hizo todo lo posible para relajar su cuerpo.

Sus ojos permanecían en el techo.

Se sentía demasiado avergonzada para mirar a Paul.

Ella simplemente le permitió acariciar su entrepierna.

Ella jadeó cuando Paul jugó con su clítoris.

Fue un movimiento que no había esperado.

Su instinto natural era alcanzar y alejar la mano de Paul, luego cubrirse, y luego abofetear a Paul en la cara, pero las cuerdas alrededor de sus muñecas estaban apretadas.

Ella dio un suave tirón, pero fue en vano.

"¿Estás tratando de salir?" Paul preguntó. "Si quieres salir, solo dímelo y te desataré de inmediato".

"Lo siento. Fue una reacción instintiva".

"Bueno, no reacciones así. Esa no es la reacción que quiero".

"Está bien perdón."

Los dedos de Paul se movieron con un furioso movimiento circular sobre el clítoris hinchado.

Cristina no tuvo más remedio que jadear.

Estaba demasiado sorprendida como para contener sus sentimientos.

Los dedos no se detuvieron.

Fue un lindo placer.

Ella cerró los ojos y disfrutó del placer de Paul.

Fue una sensación de hormigueo que fluyó por su cuerpo.

"Puedo decir que estás cerca", dijo. "Relájate. Casi ha terminado".

Con los ojos aún cerrados, Cristina se permitió disfrutar de los dedos de Paul mientras se deleitaban con su delicado y pequeño clítoris.

Pasaron momentos antes de que los dedos de Cristina se pusieran rígidos.

Cortos ruidos jadeantes escaparon de sus labios.

Sus ojos se apretaron con fuerza.

Sus músculos se contrajeron.

Fue un orgasmo bien merecido por todas las tensiones en su vida.

Finalmente, su cuerpo se relajó y Paul retiró la mano de sus bragas.

Él movió su vestido nuevamente a su posición correcta.

Le dio una palmadita a Cristina en el muslo, como si hubiera hecho algo bien.

"Ciertamente lo disfrutaste", dijo Paul mientras comenzaba a desatarle las muñecas.

Cristina se sintió liberada.

Se puso derecha y se frotó las muñecas, que estaban ligeramente rojas y dolorosas por la cuerda.

El sentimiento orgásmico ayudó a contrarrestar el dolor.

"Me gustó", respondió ella. "Fue agradable. Realmente agradable. Dios, no me he sentido así en mucho tiempo. Quiero decir, no tan bueno como lo hiciste".

"Me alegra que lo hayas disfrutado. Me trajo muchos recuerdos, lo que me ayudará con mi escritura. Fuiste una pequeña inspiración maravillosa para mí".

"Siempre me alegra estar a tu servicio".

"Excelente", asintió. "Me aseguraré de agregar un bono en tu cheque a fin de mes. Creo que has ganado cinco mil dólares adicionales por esto".

Sorprendentemente, Cristina sintió un sentimiento de vergüenza.

Ella sabía que Paul tenía buenas intenciones.

Apreciaba los cinco mil adicionales, que era mucho más de lo que esperaba.

Pero un sentimiento de culpa la invadió, como si acabara de vender su cuerpo y su sexualidad por dinero fácil.

Eso la hacía sentir impura y sucia.

"No soy una puta", soltó, y luego se arrepintió al instante.

"Nunca dije que lo fueras".

"Lo siento", respondió ella. "Realmente aprecio todo. Pero nunca he usado mi cuerpo así, ya sabes, para ganar dinero".

Paul sacudió la cabeza, decepcionado consigo mismo.

"No lo sientas. Esto es mi culpa. Fui apresurado contigo. No debería haberte pedido que modelaras para mí".

Cristina se levantó y se arregló el vestido.

"Lo disfruté", dijo. "Realmente lo hice. Pero fue un poco extraño para mí. ¿Quizás podamos hacerlo alguna otra próxima vez? Solo un poco más lento".

"No lo creo. Esto claramente no es para ti".

Cristina dio una mirada tímida mientras la sensación del orgasmo todavía fluía por su cuerpo.

"Prepararé tu almuerzo ahora", dijo.

"Puedo hacerlo yo mismo. Puedes irte".

Ella asintió obedientemente.

"Me alegro de que hayamos hecho esto".

"Yo también", respondió. "Pero nunca deberíamos hacer esto otra vez. Nos vemos el lunes".

Cristina asintió, sabiendo que Paul ya había tomado una decisión firme.

Ahora había una sutil incomodidad entre ellos.

Después de intercambiar algunas palabras más, se fue preguntándose qué estaría pensando Paul de ella.

TERCERA PARTE
EL NUEVO TRABAJO

CAPÍTULO 12

Más tarde aquella misma noche.

Cristina se sentó frente a su computadora y buscó formas de solicitar nuevos clientes.

Envió al menos una docena de correos electrónicos a diferentes compañías para promover su negocio de catering.

No esperaba mucha respuesta, pero valía la pena intentarlo y no tenía nada que perder.

El teléfono sonó.

Era su madre que la que llamaba para revisar nuevamente.

Hicieron su charla habitual y no había mucho que decir.

"Dirigir mi propio negocio es difícil", se lamentó Cristina.

"¿Esperabas que fuera fácil?"

"No sé lo que esperaba. No me importa trabajar duro. Me encanta cocinar para otras personas. Pero, Dios, necesito más clientes".

"En mi experiencia, el negocio es a quién conoces", respondió su madre. "Muchos negocios provienen de conexiones personales. Así que sal y trata de conocer gente nueva en lugar de buscar en línea".

"Tiene sentido, supongo".

"¿Supongo? ¿Cuándo me equivoco?"

"No lo sé."

"No suenes tan deprimida, Cristina", dijo su madre. "Mucha gente lucha con un nuevo negocio. Solo sigue intentándolo".

"Gracias mamá."

"¿Cómo van las cosas con Paul? ¿Todavía te paga generosamente?"

"Es complicado", suspiró Cristina. "Pero sí, él todavía paga bien".

"Parece un tipo complicado".

"No sabes ni la mitad".

Hubo una pausa en el teléfono.

"¿Ha intentado algo contigo?" preguntó su madre con cautela.

Cristina se apresuró a mentir.

"De ninguna manera. Por supuesto que no".

"Puedes decirme la verdad. Estoy aquí para ti".

"Mamá, él no es de mi tipo. Si alguna vez hiciera un movimiento, lo golpearía en la cabeza con lo que haya cocinado ese día".

"Eso suena como el espíritu de la Cristina que conozco", se rió entre dientes su madre.

"Hipotéticamente hablando, ¿y si lo hiciera? Quiero decir, ¿cómo te sentirías al respecto?"

"¿Si Paul hiciera un movimiento?"

"Sí", respondió Cristina. "¿Cómo te sentirías?"

Hubo otra pausa en la línea.

"Supongo que depende de ti. Si te invitó a salir, esa es tu decisión".

"¿De verdad?"

"Esa es tu decisión, Cristina. Pero si él intentara tocar tu trasero en la cocina, entonces te sugeriría que viertas un poco de tu famosa salsa caliente sobre su cabeza".

"Por supuesto que sí", respondió Cristina con una voz sarcástica.

"Parece que tienes algo en mente".

"Ya no. Gracias mamá, eres la mejor. Te tengo que dejar".

"Adiós te quiero."

"Yo también te amo mamá".

La llamada terminó y Cristina se recostó en su silla.

Pensó en Paul y el orgasmo que recibió ese día.

Todavía recordaba los sentimientos vívidamente.

Cada toque, cada emoción.

La sensación de la madera dura contra su cuerpo.

La sensación de la mano de Paul contra su coño.

Y, sobre todo, el orgasmo.

La dominación nunca fue lo suyo, pero se sintió bien.

Buscó en línea y buscó diferentes términos.

La hizo sentir como una estudiante universitaria nuevamente mientras investigaba.

Hizo varias búsquedas sobre la esclavitud y sus placeres.

Ella miró varias imágenes.

Eso la excitó de nuevo y deslizó una mano por sus bragas.

CAPÍTULO 13

El lunes por la mañana.

Cristina hizo un esfuerzo por verse bien cuando fue a la casa de Paul.

Llevaba un vestido azul y su cabello estaba bien peinado.

Paul no prestó mucha atención a su apariencia cuando abrió la puerta para dejarla entrar.

"¿Podemos hablar?" Cristina preguntó. "Sobre negocios quiero decir".

"Por supuesto."

"Genial. Espera".

Cristina puso la comida en la cocina y fue a la espaciosa sala de estar donde Paul se había sentado.

Ella se sentó frente a él.

"He estado pensando mucho durante el fin de semana", dijo. "Sobre nuestra relación".

"Yo también", dijo, sin dejar que ella terminara sus pensamientos. "Creo que deberíamos terminar con esto. Para mí está claro que nuestra relación comercial se ha visto comprometida. Ya he comenzado a buscar un reemplazo para las necesidades de mi hogar".

Cristina se quedó congelada por un momento mientras las noticias le hundían lentamente.

"¿Qué? No. Eso no es lo que quería".

"Creo que es lo mejor", respondió. "Eres una joven brillante. Encontrarás tu lugar en este mundo".

La mirada atónita permaneció en su rostro. "

Esto no es lo que esperaba escuchar. Pensé que nuestra conversación iba a ser muy diferente".

"¿Que estabas esperando?"

"Vine aquí para decirte que estaba interesada en continuar, ya sabes, lo que hicimos el viernes pasado".

Él arqueó una ceja.

"¿En serio? ¿Y por qué quieres eso?"

"¿Realmente tengo que decirlo?"

"Si."

Ella respiró hondo.

"Obviamente disfruto trabajando aquí. Disfruto de los beneficios. Creo que eres un gran jefe, el mejor que podía tener. Y lo que hicimos la semana pasada, en la sala, realmente me gustó. Creo que al principio tenía miedo, pero pensé mucho, y no me importaría si continuamos ".

"Interesante."

"¿Eso crees?" ella preguntó.

"No eres tan tímida como pensaba. Nunca hubiera esperado que vinieras y me dijeras directamente estas cosas. Estoy impresionado".

Ella sonrió, "gracias".

"¿Qué debería pasar después?"

"No lo sé", se encogió de hombros torpemente. "Eso depende de ti. Pero me gustaría que nuestra relación comercial continuara".

"Sé valiente, Cristina. Dime qué pasa después. En este mismo minuto. Quiero saber qué tienes en mente. Sorpréndeme".

Ella reunió su coraje y le dio a Paul una mirada de determinación.

Sus labios se apretaron y su nariz se encogió ligeramente.

Sus ojos estaban fijos en Paul, que estaba estoico, esperando que ella hiciera algo audaz.

Cristina se levantó y se cepilló el vestido con las manos.

Sus dedos se envolvieron alrededor de los tirantes de su vestido.

Apartó las correas y movió su cuerpo, permitiendo que el vestido cayera al suelo.

Se paró frente a Paul en su sostén blanco y bragas, con su hermoso vestido alrededor de sus tobillos.

"¿Qué estás haciendo?" preguntó sin emoción.

"Estoy mostrando mi dedicación al trabajo".

"Tal vez me has entendido mal. No creo que este sea el camino correcto para ti".

"No me estás diciendo que pare", respondió ella. "Y tampoco te escucho quejarte".

Los ojos de Paul vagaron por su cuerpo escasamente vestido.

Ella tenía una constitución promedio, un poco delgada.

Senos pequeños y caderas estrechas.

Estaba claro que rara vez hacía ejercicio ya que su tono muscular era débil.

"Eres bastante atractiva", señaló.

Se quitó el vestido y dio varios pasos hacia adelante hasta que se paró directamente frente a Paul.

"Aquí está el trato", dijo con valentía. "El nuevo trato. Seré tu proveedora exclusiva. También seré tu modelo cuando creas que sea necesario. Puedes hacer que me corra si quieres. Si me siento realmente bien, te devolveré el favor gratis ".

Él levantó una ceja.

"¿Me devolverás el favor?"

"Te haré que te corras. Gratis. Yo no soy una prostituta. Piensa en ello como una gratificación de una receptora agradecida ".

"Suena como una relación comercial inusual".

"Ya hemos cruzado la línea de todos modos", dijo.

"Tendré que considerarlo".

Cristina se agachó y agarró la muñeca de Paul, llevando su mano a sus bragas.

Él tocó el exterior de sus bragas y se frotó entre sus piernas.

"Piensa rápido", dijo ella. "De lo contrario, retiraré la oferta".

Él dio una sonrisa a medias.

"La nueva y audaz Cristina. Me gusta".

"A mí también."

Paul presionó sus dedos con más fuerza contra las bragas de Cristina.

Ella gimió por el toque caliente.

Ella gimió aún más cuando Paul deslizó su mano dentro de sus bragas, tocando su coño desnudo.

Estaba excitada, y no había duda al respecto.

"Estás mojada", notó, mirándola.

"Lo sé."

"Quítate el sostén. Déjame verte".

Cristina extendió la mano para desabrocharse el sujetador y lo arrojó al sofá.

Sus pequeños pechos turgentes fueron liberados.

Sus pezones eran rosados y pequeños.

Se endurecieron rápidamente por el aire frío y la evidente excitación sexual.

Ella resistió el impulso de cubrirse los senos con las manos porque siempre se había sentido insegura sobre su pecho.

Pero ella trató de ser valiente y empujó su pecho hacia adelante.

"¿Te gustan?" ella preguntó.

"Me encantan los senos de cada mujer. Cada uno es único y especial a su manera. El tuyo no es una excepción. Son encantadores".

"Gracias Señor."

"¿Señor?" preguntó retóricamente. "Creo que sabes lo que me gusta."

"¿Y qué te gusta?" ella preguntó tímidamente.

"Propiedad."

"Oh..."

Paul usó ambas manos para tirar de las bragas de Cristina al piso, dejando a la chica completamente desnuda, de pies a cabeza.

Se puso de pie y tomó a Cristina de la mano.

"Sígueme", dijo. "Hay algo que me gustaría mostrarte".

Condujo a Cristina por el pasillo mientras sostenía su mano de una manera romántica.

Cristina estaba nerviosa, pero siguió su paso.

Ella sabía que se dirigían hacia la sala de esclavitud.

La idea la hizo excitarse y ponerse nerviosa.

La puerta estaba entreabierta y Paul la abrió.

Encendió las luces y entraron.

El aire estaba frío, lo que hizo que los pezones de Cristina estuvieran aún más duros.

Su mirada paso a su alrededor y se preguntó qué había planeado Paul.

"Tienes un nuevo conjunto de responsabilidades", dijo Paul. "Espero completa obediencia. Te espero desnuda en todo momento. ¿Entendido?"

"Si entiendo."

"Inclínate sobre la mesa", dijo. "Sobre tu estómago. Voy a atarte. Quiero que vuelvas a correrte".

"Sí señor."

Cristina miró la mesa intimidante.

Era una mesa diferente a la anterior.

Pero parecía igualmente incómodo y doloroso.

La madera parecía vieja, y el marco de metal también.

No tenía sentido quejarse.

Ella hizo lo que le dijo y puso los pechos desnudos y el estómago sobre la mesa de madera.

Fue más incómodo de lo que esperaba.

La madera estaba fría y le picaba en los sensibles pezones.

Sus ojos miraron al suelo.

Escuchó a Paul caminando por la habitación antes de acercarse a ella.

"Voy a atarte", dijo. "Relaja los brazos y las piernas. Este es un proceso simple si estás tranquila".

"Bueno."

"¿Estás segura de que quieres esto?"

"Sí", respondió ella.

"¿Por qué?"

"Porque quiero correrme de nuevo".

Cristina no recibió respuesta.

En cambio, sintió que Paul ataba cada uno de sus tobillos al frío marco de metal de la mesa.

Era incómodo y un poco aterrador.

Cada nudo estaba muy apretado.

La cuerda era gruesa, lo que lastimaba su piel.

El mismo proceso se realizó en sus muñecas.

Cada muñeca estaba atada al marco de metal de la misma manera.

Cuando terminó, sus tobillos y muñecas estaban fuertemente atados a la mesa.

Estaba boca abajo con el estómago desnudo y los senos presionados fuertemente sobre la superficie de madera.

Era una sensación bastante aterradora saber que le había dado a Paul poder absoluto sobre su cuerpo.

Ella estaba clara y completamente indefensa.

Algo golpeó su trasero desnudo.

Se sintió duro, pero a la vez suave.

No estaba segura de qué era.

Entonces sintió los dedos de Paul rozar su trasero.

"¿Te importa si te toco así?" preguntó, sabiendo la respuesta.

"No."

"Bien. Me gusta tu piel. Eres muy tierna ..."

La mano de Paul vagó por su trasero, sintiendo cada curva.

Él masajeó cada una de sus nalgas con sus fuertes manos.

Entonces sintió que algo duro tocaba su trasero de nuevo.

Tenía una superficie curva lisa.

"¿Qué es eso?" ella preguntó.

"Es un vibrador. ¿Alguna vez has usado uno antes?"

"No."

"¿Te gustaría sentirlo?"

"Estoy abierta a eso".

"Buena chica."

Un zumbido de repente sonó en la habitación y envió un escalofrío por la columna de Cristina.

Sus ojos permanecieron fijos en el suelo mientras escuchaba el zumbido.

Su cuerpo se sacudió violentamente en el momento en que el zumbido tocó la punta de su clítoris.

Fue doloroso, de mala manera y de buena manera.

Ella trató de luchar contra ella, luchando contra las cuerdas, lo que era inútil.

El zumbido se detuvo.

"¿Terminamos esto?" preguntó.

"No. Por favor, no. Dejaré de moverme".

"Contrólate Cristina".

El zumbido regresó cuando el vibrador se activó nuevamente.

Tocó su clítoris, y Cristina hizo todo lo posible para permanecer quieta.

Luchó contra los impulsos de luchar mientras aceptaba la sensación de vibración contra su área más sensible.

Hizo que sus dedos se curvaran violentamente.

Apretó los dientes cuando cerró la mandíbula.

Sus puños se apretaron fuertemente.

Tener su clítoris torturado con un vibrador era lo último que esperaba.

Zumbó y zumbó.

La punta del vibrador se sostuvo contra su clítoris hasta que pensó que iba a explotar.

Justo antes de que ella estuviera a punto de gritar de agonía, Paul movió el vibrador y lo empujó dentro de su coño.

Fue un sentimiento surrealista.

Había pasado mucho tiempo desde que la habían penetrado con algo más que sus dedos.

La vibración dentro de su coño era una mezcla de dolor y placer.

Paul hábilmente empujó y tiró del juguete sexual.

Cristina hizo todo lo posible para no gritar.

"¿Te estas divirtiendo con esto?" preguntó en broma.

Cristina jadeó.

"Yo ... yo ... uh ..."

"¿Si o no?"

"¡Sí! Dios, sí".

Paul empujó el dispositivo aún más dentro del coño de Cristina, haciéndola jadear más.

Estaba casi sin aliento cuando entró en su cuerpo por completo.

Sus brazos y piernas tiraron de las cuerdas, pero fue en vano.

Estaba atrapada con el poderoso vibrador dentro de su vagina húmeda.

"¿Estás cerca?" preguntó.

Ella luchó por las palabras.

"Si casi..."

"Corre para mí, nena".

El vibrador fue empujado y jalado dentro del coño de Cristina sin piedad.

Ella trató de relajar su cuerpo, lo que siempre le facilitaba el orgasmo.

Ella hizo todo lo posible para relajar los músculos vaginales del estiramiento, permitiendo que Paul se saliera con la suya.

Su orgasmo era inminente debido al vibrador.

Y era un orgasmo diferente a todos lo que había sentido antes.

Estar atada y azotada mientras un objeto vibrante empujaba dentro de su coño era una combinación potente.

Los dedos de los pies de Cristina se arquearon más y sus puños se apretaron más fuerte.

Cada músculo de su cuerpo se contrajo.

Sus jadeos y gemidos se volvieron más duros.

"Oh, Dios mío ... Oh, Dios mío ... Oh, Dios mío ..."

De repente, el dispositivo se cambió a una velocidad más alta y las vibraciones se hicieron mucho más fuertes.

Cristina gritó por la poderosa vibración al ser empujada y jalada en su coño.

Ella lloró.

Luego sollozó incontrolablemente cuando llegó al clímax.

Una oleada de fluidos brotó del interior de su coño, haciendo un desastre en la mesa y dejando un charco en el piso duro.

Más empujes vinieron del vibrador de potencia hasta que los fluidos se detuvieron.

Paul retiró el vibrador del coño de Cristina, que hizo un fuerte zumbido.

Luego lo apagó.

Cuando el asalto vaginal finalmente terminó, el coño de Cristina era un desastre goteante.

Su humedad era como un pequeño río orgásmico.

Su coño brillaba por sus fluidos vaginales.

La mesa estaba mojada.

Y los fluidos caían al suelo como un grifo que gotea.

Cristina apenas estaba consciente mientras recuperaba lentamente la compostura.

Fue, con mucho, el mejor orgasmo que había experimentado en su vida.

Oyó los pasos de Paul acercándose a su cabeza.

Paul se inclinó y besó su cabello.

Se preguntó por qué Paul aún no la había desatado.

"Estamos ... hemos ... terminado ..." se las arregló para hablar.

"Todavía no. ¿Recuerdas tu promesa?"

"¿Cuál de ellas?" ella gimió.

"Dijiste que, si hacía que te corrieras, entonces me devolverías el favor. Entonces, ¿cómo se sintió tu orgasmo?"

"Un ... jodido ... increíble", soltó.

Paul le sonrió.

"Buena chica. Ahora, ¿tienes ganas de devolverme el favor?"

"Sí señor. ¿Me va a desatar?"

"Me gustas en esta posición".

Cristina escuchó el sonido de los pantalones de Paul al abrirse.

Ella sabía exactamente lo que Paul quería.

Seguía de pie junto a su cara, lo que significaba que no estaba interesado en follarla, al menos no en ese día en particular.

Miró hacia arriba cuando Paul se acercó a su cara.

Ella vio su polla dura apuntando directamente a sus labios.

Era obvio lo que quería.

Con un corazón lujurioso, Cristina abrió la boca mientras Paul daba otro paso adelante, entrando entre sus labios.

No hubo ningún proceso de sentimiento y no hubo tiempo para adaptarse.

Paul simplemente empujó sus caderas hacia adelante para que Cristina pudiera chupar como debería hacerlo una buena sumisa.

"Dios mío. Tienes los labios como de un ángel", dijo, impresionado por lo que sentía en su polla.

El sexo oral nunca fue cosa de Cristina.

Nunca fue muy buena en eso, y nunca fue su preferencia hacerlo.

Pero con Paul, estaba ansiosa por complacerle.

Especialmente con la poderosa sensación orgásmica que todavía fluía por su cuerpo.

Su falta de habilidades no era un problema ya que su cuerpo todavía estaba atado a la mesa.

Paul hizo todo el trabajo, empujando suavemente sus caderas de un lado a otro.

Todo lo que necesitaba era una boca cálida para follar.

Lo único que Cristina tuvo que hacer fue mantener sus labios apretados alrededor del miembro duro de Paul y chupar.

"Joder, me voy a correr", gruñó Paul. "Y te lo vas a tragar".

Su sentido de mando era excitante para Cristina, por una razón que ella no podía entender.

Sintió las manos de Paul frotando su cabello mientras chupaba.

Sintió que su miembro se volvía aún más rígido dentro de su boca.

Ella hizo todo lo posible para usar su lengua en su miembro, que siempre le habían dicho que se sentía bien.

La polla se hundía en su boca, lo que la hizo tener náuseas.

El reflejo nauseoso era terrible.

Pero Paul imaginaba cuánto Cristina era capaz de soportar, por lo que nunca presionó demasiado.

Era la señal de un profesional, pensó para sí misma.

Ella observó cómo Paul se acariciaba al orgasmo, mientras la punta de su erección todavía estaba dentro de su boca.

Ella mantuvo sus labios bien cerrados alrededor de él.

Paul gruñó mientras la acariciaba furiosamente.

Segundos después, su lengua estaba cubierta con el semen de Paul.

Chorro tras chorro.

Tenía un sabor distinto.

Ella tragó saliva para evitar que su boca se desbordara.

Segundos después, el fujo de semen se detuvo y Cristina se lo tragó todo.

"Dios mío", dijo Paul, sacando su polla de su boca. "Eso fue maravilloso. ¿Dónde aprendiste a chupar así?"

Se encorvó por un momento, antes de ponerse de pie para cerrar sus pantalones.

Luego se agachó para desatar a Cristina.

Cuando fue liberada, se acarició sus propias muñecas y tobillos, que tenían marcas de color rojo oscuro.

Rápidamente se dio cuenta en que todavía estaba completamente desnuda y que ya no le importaba.

Le gustaba estar desnuda frente a Paul.

"Realmente disfruté toda la experiencia", señaló con confianza.

Paul le tocó el cuello y le dio un beso en la frente, luego más en las mejillas.

Finalmente, plantó varios besos en su cabello.

"Yo también. Nuestra asociación va a funcionar muy bien. Piensa en todas las posibilidades que podemos compartir juntos".

"Lo sé."

"Eres como una mariposa, creciendo ante mis propios ojos", dijo.

"Todo es por tu culpa", sonrió. "Ahora, si me disculpas, hice algo muy especial para el almuerzo. Te encantará. Estoy segura de que has abierto el apetito, así que mejor voy a prepararlo ahora".

Cristina se levantó y caminó desnuda hacia la puerta.

Había confianza en su caminar.

A ella le encantaba estar desnuda.

Fue divertido.

Los fluidos goteaban por sus piernas.

El sabor del semen todavía estaba en su boca.

Luego, se detuvo cuando llegó a la puerta, y se dio la vuelta para mirar a Paul, orgullosa de su cuerpo desnudo.

Ella le dijo que no se preocupara por el desastre en la sala, que lo limpiaría más tarde.

Era parte de sus deberes recién descubiertos.

FIN

CHEF SUMISA 2
EL MASTER CHEF

MICHAEL

CAPÍTULO I

Desde que era pequeña sabía que quería ser chef.

Trabajé muy duro para hacer realidad ese sueño y finalmente tuve todo lo que siempre quise cuando mientras estaba sirviendo comidas para Paul, me recomendó y conseguí el puesto de jefe de cocina en uno de los mejores restaurantes de Nueva York.

Pero llegar a la cima tuvo sus efectos secundarios en mi vida personal.

A los 28 años tengo muy pocos amigos y, aunque he tenido algunos novios, con ninguno tenía serios intereses amorosos.

Conocí a Michael y a su hermano mayor Tony en un mercado local de agricultores al que voy a menudo.

Ellos eran copropietarios de un camión de comida y se instalaban en el mercado de agricultores cada semana.

Aproximadamente un año después de conocerlos, a Tony le ofrecieron un puesto de jefe de cocina en un restaurante local y Michael no quería mantener el camión de comida solo.

Un chef de mi restaurante recientemente se fue al conseguir otra oportunidad.

Entonces contraté a Michael para reemplazarlo.

Trabajamos muy bien juntos desde el principio.

Nos las arreglamos para mantener una relación de trabajo a pesar de que él me atraía mucho.

La mayoría de la gente diría que Michael tenía una apariencia normal.

Sin embargo, pensé que era hermoso.

Michael mide aproximadamente 1,80 de alto y pesaba quizás unos 85 kilos.

Tiene el pelo corto, desordenado y negro.

Luce una media barba todo el tiempo y tiene unos hermosos ojos de color avellana.

CAPÍTULO II

Después de cerrar el restaurante por la noche, Michael, yo y algunos otros del restaurante a menudo salíamos, cenábamos y bebíamos vino para relajarnos después de un largo día de trabajo.

Él es realmente gracioso.

Así que espero poder dejarlo ir cuando llegue el momento.

Michael y yo nos escabullíamos a correr de vez en cuando, cuando podíamos.

Me encanta correr con él.

A menudo no lleva camisa y su sudor brilla en su cuerpo.

Pienso en que me encantaría pasar mi lengua sobre su cuerpo sudoroso.

Me imagino a los dos calientes y sudorosos mientras estamos follando.

Pero tenía que sacudirme esos pensamientos y concentrarme en correr, no en él.

No podía mezclarme en una relación con alguien con quien estoy trabando y además es mi empleado.

De todos modos, no sé si le agradaría.

Mido 1,65, peso alrededor de 60 kilos, tengo cabello ondulado hasta los hombros, algunos lunares y ahora uso gafas negras con montura.

De ninguna manera soy demasiado flaca, podría ser linda, pero no soy hermosa.

No soy lo que llamarías el sueño de todo hombre, al menos así es como me veía a mí misma.

Un día nos estábamos preparando para la cena y Michael estaba siendo demasiado amable conmigo.

Siempre bromeábamos y la pasábamos bien en el restaurante, pero esta noche era diferente.

Toda la noche estuvo encontrando razones para tocarme en exceso.

Si él necesitaba algo que estaba a un lado de mí en lugar de caminar para conseguirlo, se acercaría detrás de mí y me acariciaría el trasero.

Una vez que estaba hablando con otro chef que estaba trabajando en la estación enfrente de la mía, se acercó detrás de mí y estaba tan cerca que podía sentir el calor de su cuerpo.

Podía escucharlo respirar profundamente mientras olía mi cabello.

Podía sentir su respiración en mi cuello, lo que envió escalofríos por todo mi cuerpo.

En otra ocasión estaba buscando algo en las repisas altas, lo que es un problema común de las chicas bajas como yo, y él vino detrás de mí para ayudarme y frotó su entrepierna contra mi trasero.

En ese momento no estaba segura de lo que le había pasado.

Pero yo lo estaba disfrutando.

Me imaginé en que me forzaba, ahí en la cocina, y me follaba por detrás.

Sólo de pensar eso hizo que me mojara.

Traté de no dejar que se diera cuenta de que lo estaba sintiendo y estaba rezando para que nadie más lo notara.

Tenía que mantener el control de la cocina y cuanto más me tocaba, más difícil resultaba concentrarse en sacar estos platos en la hora de la cena en el momento oportuno.

Me las arreglé para pasar por el servicio con todo servido bien y a tiempo.

CAPÍTULO III

Estábamos cerrando por la noche y Martin, un lavaplatos, salió dejándonos a Michael y a mí para terminar de limpiar.

Mi cabeza se tambaleaba después de un servicio tan ocupado y para colmo, Michael tuvo sus manos y su entrepierna sobre mí durante toda noche.

Me preguntaba de qué se trataba todo eso de todos modos.

Nunca ha sido tan físico conmigo antes.

Bromeamos y nos tomamos el pelo, pero nunca nada físico.

Habíamos terminado por la noche y nos dirigíamos a encontrarnos con otros compañeros de trabajo y chefs en nuestro lugar favorito para cenar y pasar el rato después del trabajo.

Usualmente solo caminábamos hacia allí ya que estaba a solo un par de cuadras de distancia.

Cerré la puerta y comenzamos a caminar por el callejón y sentí que Michael me puso la mano en la espalda mientras hablábamos.

Esto está bien, pensé, nada dañino aquí.

Probablemente solo me esté cuidando.

Seguimos caminando y su mano se movió más abajo hacia mi trasero y lo apretó.

Me di vuelta y le grité.

"Michael, ¿qué estás haciendo? ¡Me has estado poniendo las manos encima toda la noche! He tratado de ignorarlo pensando que te detendrías o que tal vez no te diste cuenta de lo que estabas haciendo. Pero esto ... esto ya es obvio".

Lo dije mirándolo con mi mejor mirada de ahora me tienes que responder.

Michael miró a su alrededor como si estuviera tratando de encontrar las palabras para explicar su comportamiento.

Entonces finalmente habló.

"Cristina ... me gustas desde que nos conocimos en el mercado de agricultores. Pero nunca pude tener el valor de decírtelo. No pensé que le darías una oportunidad a un tipo como yo". Michael explicó.

Interrumpiéndolo, le pregunté:

"¿Entonces pensaste que me podrías decir que estabas interesado en mí apretando mi trasero?"

"Lo sé, pero he tenido noticias que tienes una faceta sumisa, Cristina, lo siento por eso te acariciaba el trasero". Hizo una pausa y luego continuó: "Y esta mañana, en nuestra carrera, parecías estar tan caliente que me costó todo lo que pude no llevarte a un lugar apartado en el parque y follarte allí mismo. Pienso en ti todo el tiempo". "

Estaba anonadada.

¿Michael pensando en mí y teniendo sexo conmigo?

¿Se dio cuenta que soy sumisa y me gusta la dominación?

¿Como puede ser?

¿Él piensa que soy sexy y quiere follarme?

¿Y después de todo este tiempo me lo dice así?

He estado ocultando los mismos sentimientos por él, porque tenía miedo al rechazo y él temía también hacerlo.

Me sentí perdida en su declaración, pero también me sentí liberada.

¿Podremos hacer esto?

Michael luego me acercó a él y me miró a los ojos.

Era como si estuviera buscando aceptación y aprobación.

Su boca se veía tan deliciosa, sus ojos ardiendo profundamente en mi alma.

Entonces sucedió.

CAPÍTULO IV

Michael entrelazó su mano en mi cabello y me acercó aún más y me besó.

Fue un largo, duro, apasionado y muy caliente.

Me aparté y me sentí desmayada por la emoción.

Podía sentir mi corazón latir con fuerza.

"Michael, he querido esto por tanto tiempo. Tú también me gustaste desde el momento en que nos conocimos y no pensé que me darías una oportunidad. Luego nos hicimos tan buenos amigos que no quería arruinar eso". Dije.

"Cristina, durante este tiempo trabajando juntos, he visto cómo te haces cargo en la cocina, exiges respeto y el personal te lo da porque te lo mereces. Todos te aman. Eres la reina de la cocina. Eres una perfecta Domme. ¡Eres adorable! Me encanta la forma en que metes el pelo detrás de tus lindas orejitas. Me encanta la forma en que cantas para ti y bailas cuando no crees que alguien esté cerca o escuchando".

Michael suplicó.

"Por favor, no pienses tan poco de ti misma. Porque yo no lo pienso así".

Luego, antes de darme cuenta de lo que estaba haciendo, lo atraje hacia mí y nuevamente nos estábamos besando.

Nuestras manos estaban una sobre la otra.

No pude resistirlo más.

Yo lo quería a él.

Lo necesitaba

¡¡AHORA!!

Mientras nos besábamos y tocábamos, Michael me puso contra la parte de atrás del edificio.

Me quitó el abrigo de chef mientras me besaba y lamía la oreja y luego el cuello.

Sus manos bajaron a mis pantalones y los abrió y lentamente los desabrochó.

Puse mis manos sobre sus hombros para estabilizarme.

Se arrodilló y mientras me quitaba los pantalones besó mi estómago, bajando hasta mis caderas, luego mis muslos internos.

Finalmente me quitó los pantalones y los arrojó junto con mi abrigo.

Mi mente iba a mil por hora, mi corazón latía rápidamente.

No podía creer que esto finalmente fuera a suceder.

Y de todos los lugares en que pudiera ser era detrás del restaurante y en un callejón oscuro.

Pero ya no me importaba.

Tenía tantas ganas de tener a Michael dentro de mí.

Mi coño comenzaba a latir y mojarse.

Michael luego me miró con ojos desenfrenados y dijo:

"¿Estás segura de esto Cristina? Podemos parar en cualquier momento que quieras. Solo dime, ¿de acuerdo?"

Intentando recuperar el aliento, le aseguré:

"Nunca había estado tan segura de nada en mi vida".

CAPÍTULO V

Comenzó a besarme mis muslos internos.

Dejando un rastro de suaves y tiernos besos.

Cuando llegó a mi coño mojado, respiró hondo y pude verlo sonreír.

Enganchó sus dedos debajo de mis bragas rojas y los deslizó hacia abajo para sacarlas del camino de lo que lo esperaba debajo.

Luego comenzó a besar todo mi coño, pero sin tocarlo todavía.

Me di cuenta de que se estaba divirtiendo burlándose de mí.

Finalmente, después de unos minutos de esto, hundió su lengua entre los pliegues de mi coño mojado y lamió los jugos que lo esperaban.

Puse mis manos en su cabello y él levantó mi pierna sobre uno de sus hombros para tener un acceso más fácil.

Se sintió tan bien.

Estaba devorando mi coño.

Comenzó un ritmo de chupar primero mi clítoris, y luego con la lengua joder mi agujero anal, y luego lamiendo desde mi agujero mojado hasta mi clítoris y comenzando de nuevo.

Lo hizo una y otra vez.

Se sentía tan bien.

Tenía ganas que me metiera la lengua y los dedos dentro del ano.

Que me pusiera contra la pared y me forzara duramente metiéndome su polla por detrás.

Pero nunca antes me habían comido así.

Michael era muy bueno y disfruté cada minuto.

No sabía cuánto más podría soportar hasta correrme.

Luego me metió un dedo, deslizándolo hacia adentro y hacia afuera mientras chupaba mi clítoris.

Esto continuó por un par de minutos más.

Y ya no pude aguantarme más.

"¡Michael, me voy a correr si no te detienes!"

No paró, fue implacable.

Me di cuenta de que quería que me corriera.

Así que finalmente me dejé ir.

"Aaahhhh, joder Michael!" Gemí, mientras me corría por toda su cara.

Mi cuerpo se convulsionó cuando oleadas de placer se apoderaron de mí.

Michael no perdió una gota de mis jugos, mientras se aferraba a mí.

Mientras comenzaba a levantarse para ponerse a mi altura, comenzó a besar su camino de regreso a mi ombligo, luego me quitó lentamente la camisola negra.

Empecé a ponerme nerviosa de que alguien nos escuchara.

Miré a ambos lados, pero no vi a nadie.

Ya me había quitado el sujetador rojo.

Mis senos de copa C encajan perfectamente en sus cálidas manos mientras los apretaba.

Él comenzó a chupar mis pezones erectos.

De vez en cuando los mordía ligeramente, enviando un rayo de placer a mi coño.

Trabajó en mis dos senos mientras yo estaba arañando su espalda y su hermoso trasero.

¡No sé por qué habíamos esperado tanto para decirnos cómo nos sentíamos y ahora estamos en un callejón oscuro preparándonos para follar!

Esto se volvió demasiado para mí, así que me lo acerqué y lo besé.

Podía saborearme en su boca.

Era dulce y se sentía muy sucio y excitante estar disfrutando mis jugos con él.

Comencé a perderme en el abrazo.

Sentí como nuestras almas se conectaban de una manera que nunca antes había sentido con nadie.

Interrumpiendo mis pensamientos, de repente me dio la vuelta y me puso frente a la pared de ladrillo.

Metí mi trasero apretando su entrepierna, rogándole que ya hiciera lo que más ganas tenía que quería.

Extendió mis piernas y se desabrochó sus pantalones.

Podía sentirlo frotando su gran polla palpitante arriba y abajo de mi culo y luego hacia mi coño.

Parando en la apertura de mi sexo.

"¡Michael, por favor, cógeme ahora por detrás!" Yo le rogué.

"¿Es esto lo que quieres puta? Cristina, dímelo, ruega para que te folle por el culo"

Comenzó a sumergir lentamente la punta de su polla en mi agujero apretado y mojado su dedo con mis jugos, luego volvió a salir.

Burlándose de mí.

Su falta de respeto me excitó como nunca.

"Sí, por favor, Señor. Fóllame. Fóllame duro. Muy duro". Dije mientras me daba un poco la vuelta y lo miraba.

Sus ojos estaban llenos de pasión y lujuria, para mí.

De repente se estrelló contra mí de una vez.

Dándome todo lo que tenía, ¡los veinte centímetros dentro de mi culo!

Se sintió tan bien.

No podía creer lo grande y doloroso que se sintió dentro de mí.

Llenándome por completo.

"¡Aaahhhh, joder! ¡Sí, sí, sí! ¡Dámelo! ¡más duro! ¡Fóllame más duro! ¡Dame nalgadas!"

Me empezó a dar manotazos en las nalgas mientras me empotraba duro contra la pared.

Su polla se deslizó casi por completo dentro de mi ano por el fuerte empujón que me dio.

Después la comenzó a sacar y dejando solo la cabeza adentro y volvió a estrellarse contra mí.

Lo hizo así varias veces.

Cada vez dolía menos y el placer cada vez era más increíble.

Apoyé mis brazos contra la pared para poder seguir aguantando que me tomara con esta fuerza.

Mientras sostenía mi cintura con una mano y mi hombro con la otra, continuó follándome fuerte.

Luego bajó la velocidad y comenzamos un ritmo.

Retrocedí encontrando cada uno de sus empujes.

Era hipnótico y se sentía muy bien.

Luego me quitó la mano del hombro, me tocó el clítoris y comenzó a trabajarlo mientras seguía follándome el culo.

Sentí que me ya iba a correr de nuevo.

Pero debió de haber sentido mis músculos tensarse y se detuvo.

"Todavía no te puedes correr, puta, quiero correrme contigo esta vez Cristina".

Michael me susurró las obscenas palabras al oído, mientras sacaba su gran polla de mi ano dilatado.

Luego se arrodilló y comenzó a besar mi trasero, comenzando en el comienzo de mi culo y terminando en mi agujero dilatado.

Esto me tomó por sorpresa.

Ninguno de mis novios o compañías anteriores, tan pocos como eran, había intentado besarme el culo.

Pero siempre me había preguntado cómo se sentiría.

Ahora tengo mi oportunidad.

Tomó el control completo sobre mi coño y también sobre mi trasero.

Trabajando el ano con su lengua, luego metiendo un dedo, luego dos.

Lentamente tomándose su tiempo para prepararlo para él.

Levantó la mano y comenzó a jugar con mi clítoris.

Se me estaban debilitando las rodillas.

Toda esta estimulación se sentía muy bien, pero también era abrumadora.

"¡Michael, por favor! No voy a poder soportar mucho más de esto. ¡Dame lo que tienes y haz que me corra!" Le pedí, jadeando de lujuria. "Pero hazlo duro, quiero me domines. Que hagas lo que quieras de mí".

Michael me miró con asombro y me dio lo que quería, lo que los dos queríamos.

Primero metió su polla en mi coño mojado para lubricarla de nuevo.

Y entonces pude sentirlo en mi agujero de nuevo. Rápidamente empujó la cabeza y sin esperar a que estuviera lista introdujo todo su miembro dentro de mí. Ya dolió muchísimo, pero, joder, se sintió super bien.

Me sintió ponerme en tensión y rápidamente comenzó a balancearse hacia adelante y hacia atrás, dándome más y más profundidad cada vez.

Cada vez más fuerte, más salvaje.

Estaba super caliente.

Sentía como retomaba las nalgadas, dándome un manotazo cada vez que metía su gran polla dentro de mí.

¡Se sintió exquisito!

Me sintió tensarme más y comenzó a follarme más fuerte aún.

Sosteniendo mi cintura con ambas manos, se deslizó más y más dentro de mí hasta que pude sentir sus bolas golpeando contra mi coño mojado.

Se sentía tan bien.

Aumentamos la velocidad y lo estaba tomando todo.

Me sentí tan llena.

Golpeó mi culo castigado y enrojecido una y otra vez.

"Ooooohhhh ... Aaahhhh ... Joder Michael ... que polla tan dura tienes. Se siente tan bien, por favor no pares". Le rogué.

"Puta, no tengo planes de parar pronto. Te sientes demasiado bien y he esperado mucho tiempo por esto. Voy a follarte hasta que te desmayes". Ne susurró Michael mientras me daba una nalgada más.

Pero sus palabras fueron el detonante.

Él comenzó a follarme aún más fuerte y a jugar con mi clítoris nuevamente.

Simplemente no podía esperar más y comencé a correrme fuerte.

Salían palabras de mi boca que ni siquiera estoy segura de que fueran coherentes.

Podía sentirlo bombear más rápido y su polla hinchándose dentro de mi culo.

Luego soltó su carga en mi trasero, llenándolo.

Luego filtrándose de mi trasero, mezclándose con mis jugos que corrían por mis muslos.

Bombeó un par de veces más asegurándose de dejarlo todo dentro de mí.

Mi cuerpo se retorció de exquisito placer.

Cuando ambos acabamos de disfrutar de nuestros tan esperados orgasmos, caímos al suelo.

Me senté allí en su regazo dándome la vuelta e intentando besando su rostro.

Me miró a mis ojos y yo a sus hermosos ojos color avellana.

Ambos incrédulos en cuanto a lo que acabamos de hacer.

Lentamente se deslizó fuera de mi trasero.

CAPÍTULO VI

Al cabo de un rato, Michael me puso el cabello detrás de las orejas y me dijo:

"Cristina, lamento tanto que me tomara tanto tiempo decirte cómo me siento. Pero me alegro de que sientas lo mismo por mí. Nunca he sentido esto por nadie tanto como contigo."

Cuando las lágrimas comenzaron a correr por mi rostro, ya que nunca antes me había sentido tan feliz y comprendida, dije lo único que pude.

"¡Siento lo mismo!"

Nos sentamos allí por un par de minutos más abrazados, hasta que escuchamos que alguien bajaba por el callejón.

Nos apresuramos a vestirnos y corrimos para otro lado antes de que alguien pudiera vernos, partiéndonos de risa.

Cuando llegamos al restaurante para pasar el rato con nuestros amigos, todo el mundo ya estaba muy emocionado.

Preguntaron dónde habíamos estado y se nos ocurrió alguna excusa.

No creo que hayan notado las grandes sonrisas tontas en nuestra cara o se hayan dado cuenta de que nos habíamos follado a fondo.

No puedo esperar para llegar a casa con Michael para volver a hacerlo así de duro.

FIN

CHEF SUMISA 3

LYDIA

CAPÍTULO I

Todo ha sido un torbellino durante las últimas semanas.

Hace unas semanas estaba jodiendo con Michael solamente en mi imaginación.

Pero desde el primer encuentro sexual de Michael conmigo en el callejón detrás del restaurante, todo había cambiado.

Lo que una vez ocurría solo en mis sueños, ahora había ocurrido en la vida real muchas veces.

Además del increíble y dominante sexo, Michael me hace sentir especial, hermosa y deseada como nunca antes.

Vengo de una gran familia, que me quiere mucho.

Pero tienen que amarme y decirme que soy hermosa.

¡Michael no necesita decirlo!

Se asegura de que sepa que soy una chica especial para él.

Michael y yo pasamos tanto tiempo como podemos juntos.

Dormimos casi todas las noches en el apartamento del otro.

En realidad, él está aquí en mi casa ahora mismo.

Él todavía está dormido en mi cama.

Pasamos una noche larga y ocupada en el restaurante.

Omitimos salir después con los demás como lo hacemos habitualmente.

También hemos logrado mantener nuestro romance oculto en el trabajo y con nuestros amigos y familiares.

No planeaba tener una relación con nadie con quien trabajo.

Quiero estar segura de que esto va a funcionar, pero no estoy segura de cómo podría afectar a mi autoridad como jefa de cocina.

Así que solo quiero tener cuidado hasta que estemos listos para que todos lo sepan.

CAPÍTULO II

Son las ocho de la mañana y le estoy preparando su desayuno favorito desde que era chico, solo que con un toque personal.

Esto incluye tortitas combinadas con plátano, piña y nueces, cubiertas con crema batida, y salchichas a un lado.

Y he preparado café.

¡Todos los olores del desayuno se mezclan en el aire haciendo que huela tan bien aquí!

No llevo nada más que su camiseta y mis lentes, por supuesto.

Mi cabello es un desastre por nuestra noche anterior de gran jodida, pero traté de usar mis dedos para domarlo un poco.

Tengo mi banda favorita reproduciéndose por Spotify

Una de mis canciones favoritas está sonando por toda la cocina.

Me balanceo de un lado a otro, perdiéndome en la desgarradora letra de la canción.

"Solo sabes lo que quiero que sepas. Sé todo lo que no quieres que sepa. Tu boca es veneno, tu boca es como el vino. Crees que tus sueños son los mismos que los míos ... Oh, no lo sé. No te amo, pero mañana lo haré. Oh, no te amo, pero en el futuro lo haré ..."

"¿Qué más puede pedir un hombre a primera hora de la mañana?" Michael dice detrás de mí, sorprendiéndome. "Desayuno, café y una chica sexy con mi camiseta" luego me silba.

Me doy la vuelta para ver a Michael parado en la puerta de la cocina con sus pantalones negros y grises y con una mirada desviada en su rostro.

Sus ojos brillaban como el fuego, llenos de lujuria.

Sus labios suaves y deliciosos se separaron ligeramente, listos para ser devorados.

Puedo ver su divertido abultamiento que conduce a un lugar delicioso que he llegado a conocer muy bien.

Se me secó la boca al verlo tan divinamente.

"¿Está listo? Vaya, estoy muy hambriento". Dice con una sonrisa diabólica en su rostro.

Él sabe muy bien a lo que tengo hambre por ahora y no es a la comida.

Y dos pueden jugar a ese juego.

"Si estás hablando del desayuno, entonces sí". Le digo mientras me giro y empiezo a preparar nuestros platos y tazas de café. "¿Dormiste bien? Sé que yo lo hice. Siempre duermo mejor cuando estás en mi cama. ¡Especialmente después de un buen sexo!"

"¿Así lo haces? Debiste haber dormido muy bien anoche entonces". Me dice él con un guiño y una sonrisa torcida.

Vaya, me encanta su boca y las cosas que hace con ella.

Camino hacia la islita de la cocina donde Michael se ha sentado y me siento con él a tomar nuestro café, luego nuestros platos de tortitas y salchichas.

Cuando me senté me aseguré de tocarlo ligeramente con mi trasero.

"De hecho, anoche dormí muy bien, muchas gracias. ¡Ahora come, mi hombre hambriento!"

Nos sentamos uno al lado del otro, tocándonos ligeramente de vez en cuando.

Tomé un dedo y lo arrastré sobre la crema batida que cubría mis tortitas y lentamente me lo lamí, observándolo todo el tiempo.

Pude verlo moverse inquieto y supe que estaba llegando a él.

Sin embargo, Michael estaba tratando de ocultarlo.

Tomé uno de mis trozos de salchicha y comencé a chuparle el jugo.

Estaba disfrutando cada momento tentador de burlarme de él.

Esto continuó por unos minutos más, hasta que Michael no pudo aguantar más.

Michael se puso de pie y me dio la vuelta en mi taburete para que él pudiera estar parado entre mis piernas y mirándome profundamente a los ojos.

Pude ver que estaba muy excitado.

Su erección estaba abultando sus pantalones de pijama y se acercaba cada vez más a mi coño ahora húmedo.

Él comienza a subir su mano hacia mi cara.

Pensando que me iba a meter el pelo detrás de la oreja como suele hacer antes de besarme.

Me sorprendió que él siguiera avanzando.

Se inclina hacia mí, toma un poco de crema batida de mis tortitas y me lleva la yema de los dedos a la boca.

"Ábrela", exige Michael.

Es caliente como el infierno cuando es dominante.

Abro la boca y él desliza su dedo.

"Ahora, chupa". Él continúa con su voz severa.

Hago lo que me dice y empiezo a lamer y chuparle el dedo.

Sabía dulce.

Michael pasó su otra mano arriba y abajo por mi muslo.

Cada vez se acercaba más y más a mi cada vez más dolorosa feminidad.

Se pone más crema batida en el dedo.

Esta vez colocándola debajo de mi oreja, luego lo lamió con su lengua tan suave.

"Levanta los brazos". Michael me dice.

Nuevamente hago lo que él exige.

Luego me saca la camiseta por los brazos y la arroja a un lado en alguna parte.

Dejándome completamente expuesta.

Mis senos de copa C ahora están desnudos y mis pezones se endurecen, ya que el aire frío del ventilador del techo los acaricia.

Él continúa poniendo crema batida en mi clavícula, donde tengo un tatuaje con unos pequeños pájaros volando.

Luego lame la crema batida y después besa a cada pájaro.

Esto me hace sonreír.

Luego Michael baja hacia mis senos blancos y turgentes.

Se toma su tiempo para burlarse de cada pezón, lamiendo y chupando uno después del otro.

Su boca en mis senos se siente exquisita y empiezo a gemir cuando los muerde suavemente.

Él continúa frotando suavemente sus manos en mis muslos internos, lo que me pone la piel de gallina por todo el cuerpo.

Luego me agarra de la cintura y me levanta hasta el mostrador.

Debe haber movido mi plato en algún momento, ni siquiera me di cuenta de eso.

Luego vuelve a poner crema batida en su dedo.

Me da un beso suave y gentil.

Me tambaleo al pensar a dónde va con el dedo esta vez.

Luego lo desliza lentamente en mi apretado coño caliente.

Sin embargo, está siendo muy bromista con este juego.

Me toma todo el poder dentro de mí para no perder el control.

Pero al fin, sucumbí a su ritmo y simplemente le permití que me hiciera una masturbación de mi coño.

Enredo mis manos en su cabello mientras Michael continúa invadiendo mi boca con su lengua.

Empiezo a morder y tirar de su labio inferior.

Lo escucho gemir.

Michael desliza otro dedo y comienza a bombearlos más rápido y usa su pulgar para trabajar en mi clítoris.

¡Esto es increíble!

"Michael! Eso se siente tan bien. Sí ... Sigue así". Le rogué.

Tomo una de mis manos y lentamente traza su cuello, hombro, pecho con las yemas de mis dedos.

Sigue trazando con mi mano hacia ese camino hacia abajo.

¡Por ese sexy sendero que me lleva a ese lugar al que amo!

Le desabrocho el cordón de sus pantalones de pijama y tiro suavemente mientras caen al suelo.

Michael sale de ellos y los patea.

Empiezo a tocar a tientas su culo perfecto.

Le paso las uñas por la espalda y vuelvo a bajar para encontrar nuevamente el camino feliz.

Esta vez lo seguí todo el camino y envolví mis pequeñas manos alrededor de su gran polla dura y comencé a bombearla.

Cuanto más rápido bombeo su miembro gordo, más rápido sus dedos trabajan en mi coño.

"Cristina eres tan jodidamente sexy. Lo sabes ¿verdad?" Dijo mientras seguíamos besándonos y mientras seguía jodiéndome y jugando con mi clítoris.

"Sí, estoy empezando a creer eso. Pero tú me haces sentir sexy". Confesé mientras estaba luchando por retrasar un orgasmo que sentía crecer dentro de mí.

Michael debió sentir que estaba a punto de venirme ya que rápidamente retiró sus dedos y hundió su rostro en mi coño a punto de tener un orgasmo.

Estaba chupando mi clítoris con fuerza y trabajando con su lengua en mis labios.

Cuando comencé a correrme, continuó lamiendo los jugos que fluían de mí.

Me aferré a su cabeza, manteniéndolo en su lugar en mi coño mientras gritaba en éxtasis.

Siguió lamiendo y chupando cuando mi cuerpo comenzó a retorcerse mientras olas de placer barrían mi cuerpo.

CAPÍTULO III

Cuando mi cuerpo comenzó a calmarse, Michael me miró con un brillo en los ojos y una gran sonrisa en su rostro y dijo:

"¡Es mi turno!"

Michael me agarró por la cintura y me bajó del mostrador.

Asegurándome de estar firme sobre mis pies, antes de sentarse en el taburete.

"¡Sería un placer, señor!" Dije tímidamente, mientras comenzaba a hundirme de rodillas sobre él.

Sostuve su enorme polla en mi pequeña mano, y luego recordé la crema batida.

Creo que necesita una venganza por el juego de antes.

Me levanto y él me agarra.

"¿A dónde crees que vas?" Él me dice.

"Decidí que tenía hambre de algo más que tu polla". Respondí con una sonrisa, mientras buscaba la crema batida en su plato.

"Ooooohhhh, esto va a ser insoportable y maravilloso, todo al mismo tiempo. Eres muy traviesa". Michael respondió, mientras se recostaba contra el mostrador.

Luego puse un poco de crema batida en su boca y la besé suavemente y lamí el resto de sus labios.

Luego le puse un poco en los pezones y se los chupé.

Moviéndome hacia el feliz sendero, le puse un poco en su ombligo y lo lamí para limpiárselo.

Luego tomé un poco más de crema batida y se la puse a lo largo de todo en el camino, ¡lo que me llevó a mi lugar feliz!

Lentamente comencé a lamerlo, adelante y atrás, arriba y abajo, hasta que me encontré con su gran y hermosa polla.

A estas alturas Michael estaba ya gimiendo y pateándome, pero aún no he terminado con él.

Tomo un poco más de la crema batida y la pongo ligeramente en la punta, bajando por el miembro y la base de su polla.

Lo dejo allí mientras sostengo sus bolas y empiezo a lamérselas.

Chupo cada bola, mientras lo veo mirarme.

Puedo ver en sus ojos que ya ha sido torturado lo suficiente, así que no seguiré siendo mala.

Finalmente presto atención a lo que él ha querido que haga, lo que me suplica con sus ojos.

Comenzando en la base, me llevo toda la crema batida a la boca con una gran lamida.

Luego, lentamente, envuelvo mi boca alrededor de él y tomo la mayor parte del miembro en mi boca la primera vez.

Luego, me pongo a chupar la cabeza solo, durante un rato.

"¡Joder nena! ¡Eres demasiado buena conmigo! ¡Tu boca es increíble!"

Michael apenas puede hablar antes de que me lo lleve a mi boca, todo el miembro, de nuevo.

Entonces comienzo un asalto a su gran polla.

Chupando y lamiendo su gran polla una y otra vez.

Soy implacable, lo llevo al borde del orgasmo y luego me detengo.

"¿Qué estás haciendo? ¡Estaba casi ahí! No te detengas". Dijo con ojos ardientes.

"Es que ya no sé si tengo hambre. Tendrás que rogarme si quieres que termine". Le expliqué mientras movía ligeramente mi lengua en la punta de su polla. "¿Quieres más?"

"Sí, quiero que me chupes la polla grande y gorda hasta que me hagas correr, ¡entonces quiero que bebas mi semen y te tragues cada gota!" El ordenó.

Luego continuó suavemente:

"¡Por favor y gracias!"

"Está bien, ya que lo dijiste tan amablemente, te daré lo que quieres".

Entonces comencé a chuparle la polla otra vez.

Estaba bajando a sus bolas, ya que me dio náuseas.

Estaba muy orgullosa de haber logrado contener las náuseas y volví a la carga en su gran polla.

Michael se puso de pie y sostuvo mi cabeza y pude sentirlo golpeando la parte posterior de mi garganta mientras me follaba la cara.

Agarré su trasero y lo sujeté mientras iba cada vez más rápido.

Podía sentir como comenzaba a hincharse en mi boca.

Sabía que se estaba preparando para volar su carga, así que me agarré fuerte.

"¡Oohhh, sí, joder Cristina!" Gritó mientras volaba su carga que entraba en mi boca con gran fuerza.

Mientras tomaba todo su semen y me lo tragaba, Michael gruñó y ordenó:

"Así es, sé una buena chica y trágatelo todo nena"

Bombeó unas cuantas veces más mientras la última parte de su leche se me filtraba en mi boca que esperaba sus descargas.

Me levantó sobre mis pies.

Pensé para mí misma, que había sido una mamada bien hecha.

Seguro que la disfrutó mucho.

Michael inclinó mi cabeza hacia arriba y me besó con ternura y me frotó ligeramente la espalda y los hombros.

Luego, dándome una cachetada fuerte en el culo, me dice:

"Eres una chica muy mala, burlándote de mí como lo hiciste. Pero no te tendría de otra manera".

"Lo mismo te digo cariño. Te amo". Susurré en sus oídos, mientras frotaba el escozor en mi trasero. "Voy a acabar de desayunar".

Luego lo besé en la mejilla y acabamos el desayuno.

CAPÍTULO IV

Así es como era la mayoría de los días desde que estamos juntos.

Éramos juguetones y nos encantaba bromear entre nosotros.

Pero también podríamos ser serios y tiernos.

Creo que la variedad y la diversión es lo que hace una gran pareja.

Al menos desde mi experiencia limitada, eso es lo que parece funcionar entre nosotros.

Más tarde ese mismo día, Michael y yo fuimos al restaurante a prepararnos para el día de trabajo.

Estaba en las nubes.

Primero de la gran follada de la noche anterior y ahora de la juguetona mañana que tuvimos.

No pude evitar sonreír.

Nunca he sido más feliz en mi vida.

Después de preparar los platos para la cena, era hora de dar a conocer el menú de esta noche a los camareros.

Cuando salí al comedor me detuve en seco.

Allí, en la mesa con el resto del personal y el propietario, se sentaba una nueva camarera.

Era alta y, por su constitución atlética, me di cuenta de que se cuidaba muy bien.

Tiene unos ojos azul oscuro que se parecían al océano, labios rojo rubí y largo cabello rubio rizado.

Me sentí sonrojada de inmediato.

Necesitaba componerme para poder contarles sobre el menú de la cena.

Mientras explicaba los diversos platos al personal y mientras lo asimilaban todo, intentaba no mirar a la nueva camarera.

Pero verla poner el tenedor de mi comida en su boca y verla disfrutarla era muy caliente.

Me atrajo su boca y la forma en que se lamía los labios después de algunos bocados.

La forma en que cerraba los ojos, gimiendo ligeramente e inclinando la cabeza hacia atrás era muy ardiente.

Era casi como si estuviera tratando de ser sensual adrede.

Finalmente, lo habían probado todo y podrían hablar con los clientes sobre el menú de esta noche con experiencia de primera mano.

No podía salir por el frente del local lo suficientemente rápido.

Así que salí por la puerta de atrás para enfriarme un poco después ... después ... bueno, fuera lo que fuese.

Decidí simplemente cepillármelo un poco.

Tal vez sean solo mis hormonas o algo así.

No es gran cosa.

Luego volví adentro para comenzar nuestro ocupado servicio.

No podía esperar para salir y reunirme con la multitud habitual de amigos y compañeros de trabajo en el restaurante para cenar.

Tenía los nervios a flor de piel y necesitaba descansar.

CAPÍTULO V

Al final de la noche, Michael me besó y me dijo que no iría al restaurante a cenar esta noche.

Tiene algunas cosas que hacer en la mañana y necesitaba irse a la cama pronto.

Así que me fui sola al restaurante.

Es el típico restaurante estilo años sesenta.

Tienen una máquina de discos de vinilo que toca música al azar.

¡Y tienen las mejores hamburguesas y papas fritas!

Realmente da en el clavo después de una larga noche ocupada.

Cuando llegué allí todo estaba bastante muerto.

Había un par de viejos que son habituales aquí, en el mostrador tomando café y comiendo pastel.

En una esquina había unos adolescentes que no había visto antes.

Luego estaba nuestro grupo loco.

"¡Hola a todos!" Les grito desde la puerta cuando los veo en nuestra mesa habitual.

Todos estaban allí.

El hermano de Michael, Tony, Frankie, un chef de otro restaurante, John, un cocinero, y Julia, una camarera, ambos del restaurante ... y ... ¡Dios mío, es ella!

Es la nueva camarera.

Cómo, por qué, qué ...

Ni siquiera puedo completar mis pensamientos cuando empiezo a sentir que mis mejillas se calientan y mi coño comienza a hormiguear.

Supongo que Julia debe haberla invitado a venir.

Esta será una noche interesante.

Vamos a ver cómo va esto.

Espero no hacer el ridículo.

Estoy pensando todo esto mientras busco dónde sentarme.

Entonces la nueva chica se pone de pie.

"Hola, mi nombre es Lydia, la chica nueva. Puedes sentarte a mi lado si quieres". Ella me dice, con un acento sureño y una sonrisa agradable.

Miro su boca mientras ella me habla.

Luego me agarra la mano y suavemente, tira de mí hacia la mesa.

"Claro, supongo. Es un placer conocerte oficialmente, Lydia. Soy Cristina". Le dije a ella.

Así que me deslizo en el gran gabinete de la esquina donde estaba sentada Lydia y ella se sienta a mi lado.

El hermano de Michael, Tony, a mi lado derecho y Lydia está en mi lado izquierdo.

Frankie, John y Julia están frente a mí.

Todos pedimos nuestra comida y bebidas.

Lydia nos cuenta sobre ella.

Ella es de algún lugar en el sur, lo cual es obvio por su acento.

Se mudó aquí para salir de su pequeña ciudad llena de un montón de intereses ocupados en su vida personal.

No le gusta que la gente conozca todos sus asuntos, dijo.

Luego, inmediatamente puso su mano sobre mi pierna y la apretó, lo que, por supuesto, me dio escalofríos.

¿Qué está tratando de decir?

Me parece que hay un mensaje oculto aquí en alguna parte.

Estamos hablando de cosas de trabajo y de la vida en general.

Entonces Frankie comienza a contarnos una historia hilarante sobre una chica con la que salió recientemente, y que salió terriblemente mal.

Cuando Frankie cuenta su historia, Lydia comienza a frotar su mano contra mi pierna.

Arriba y abajo lentamente acercándome a mis muslos internos y luego más cerca de mi coño ahora mojado.

Dios mío, su toque se siente tan bien.

Miro a mi alrededor y para ver si alguien se da cuenta de lo que está haciendo, pero veo que no.

Gracias a dios.

¿Pero cómo puedo sentirme así?

Amo a Michael y creía que no me gustaban las mujeres.

Pero ella me tiene tan acalorada ahora.

Sigo imaginándola en mi cama, besándome ... lamiéndome ...

"¡Wow! Todo esto se ve tan bien chicos. ¡Todos ustedes han encontrado una joya de lugar!" Lydia dice, interrumpiendo mis pensamientos por la llegada de la comida.

Aliviada de que la comida esté aquí, comienzo a comer mi hamburguesa y papas fritas.

Ojalá Lydia me deje en paz ahora.

Sin embargo, ese no es el caso.

Aunque ya no tiene su mano sobre mi pierna, está lamiéndose el jugo y la sal de sus dedos, muy lentamente.

Me doy cuenta de que Frankie y Tony la están mirando.

Me refiero a que la niña está chupando y está haciendo una comida con los dedos.

Nos está demostrando que tiene unas habilidades de succión locas y que ahora son obvias.

Ella me tiene tan distraída y excitada.

Apenas puedo comer mi comida.

Finalmente, todos terminaron y Frankie intenta que Lydia se vaya con él.

Pero Lydia lo rechaza con su encanto sureño.

Entonces él y Tony se van, con lo que parecen ser algunas molestias después de esa exhibición que Lydia acaba de hacer.

Julia mira a John, llevan un par de meses juntos, y dice:

"¿Estás listo para ir a mi casa? ¡Sé que yo lo estoy!" Ella dice con una promesa clara en sus ojos.

Luego se van juntos.

"Bueno, Lydia, voy a ir a casa. Fue agradable salir contigo. Deberías volver con nosotros. ¡Creo que fuiste un éxito!" Le dije a ella.

Me deslizo fuera del gabinete y me dirijo a la puerta.

"Sí, creo que volveré. ¿Caminaste hasta aquí? Si es así, puedo caminar contigo. Vivo muy cerca, muy cerca del restaurante, pero en realidad no me gusta estar sola a esta hora de la noche". Lydia me confiesa mientras me sigue fuera del restaurante.

Parece temerosa, pero hay algo más que ahí, pero no estoy seguro de qué.

"Claro, vivo a una cuadra del restaurante, así que eso es perfecto". Le dije a ella.

Luego me agarra la mano y me dice gracias.

Mientras caminamos, ella me cuenta más sobre su familia en casa.

También le cuento lo mío.

Tuvimos vidas bastante similares mientras crecíamos.

Es muy agradable hablar sobre esas cosas con alguien que entiende la vida de un pueblo pequeño.

Cuando nos ponemos frente a su casa, ella me suelta la mano y se vuelve hacia mí, coloca sus manos alrededor de mi cintura y dice:

"Bueno Cristina, gracias por acompañarme a casa. Ha sido agradable hablar contigo y conocerte más. Sin embargo, me gustaría conocerte aún mejor ".

Luego se inclina y me besa.

Su boca es tan suave y gentil como me imaginaba.

Su lengua invadió mi boca cuando la abrí para invitarla a entrar.

Sabe a cerezas.

Me pierdo en el beso.

Sus manos me tocan el culo y me empujan hacia ella.

Pero rápidamente llego a la realidad y me doy cuenta de lo que estoy haciendo.

No puedo hacer esto, no a Michael.

Así que me alejo y le digo:

"Siento haberte dado pie o algo así, pero tengo un novio que amo mucho y simplemente no puedo hacerle esto. Creo que eres hermosa y realmente agradable. Pero ... simplemente no puedo ".

"Cristina, eres una chica encantadora y no me sorprende que veas a alguien. Me sorprendería que no fuera así realmente". Lydia me contesta.

No sé qué pensar.

"Si sabes que estoy con alguien, ¿por qué me incitas?"

Le pido que se eche hacia atrás.

"Cristina, noté tu reacción hacia mí durante la degustación del menú. Te vi observándome y como te sonrojabas. Luego me dejaste frotar tu pierna en el restaurante".

Ella comienza a frotar su dedo sobre mis labios.

Luego continúa:

"Sé que estabas pensando en mí. Pensando en lo que quieres que te haga. Querías que te besara así".

Entonces ella planta un beso en mi cuello.

"Quieres que te toque".

Luego coloca una de sus manos en mi trasero casi en mi coño.

"Quieres que te lama, aquí"

Luego colocó su otra mano sobre mi coño y comenzó a acariciarlo.

Estoy disfrutando lo que ella me está haciendo.

¡Besándome el cuello, jugando con mi culo y ahora con mi coño!

Se siente tan bien, pero travieso y audaz al mismo tiempo.

"Sé que me deseas Cristina, y está bien dejarlo ir y permitir que suceda. Por favor, ven conmigo. No te haré hacer nada con lo que no te sientas cómoda. Lo prometo".

Ella toma mi mano y la sigo.

Es como si sus palabras me hechizaran.

Ella me tiene tan en celo en este momento.

Soy masilla en sus manos.

CAPÍTULO VI

Entramos en su apartamento y ella pone algo de música.

¡Era 30 Seconds to Mars, mi banda favorita!

No me lo podía creer.

La canción era "The Kill".

El sonido inunda la sala de estar.

Cierro los ojos y empiezo a balancearme hacia adelante y hacia atrás a la letra.

"¿Te gusta esta canción Cristina?" Lydia pregunta mientras me da una copa de vino blanco.

"Sí, ¡en realidad 30 Seconds to Mars es mi banda favorita!" Le digo mientras se sienta a mi lado en el sofá.

Nos sentamos y bebemos nuestro vino y escuchamos la canción.

Lydia dejó su vaso sobre la mesa y luego me toma el mío para también dejarlo en la mesa.

Ella enciende unas velas que están sobre la mesa.

Luego vuelve su atención hacia mí.

Ella comienza a pasar el dorso de sus manos por mis hombros, por mi brazo y de nuevo a los hombros.

Luego lleva sus dedos a mi pecho y traza la línea del cuello de mi camiseta morada y besa donde estaban sus dedos.

De repente supe que la quería a ella y nada más en este momento.

Alcanzo su barbilla y acerco su rostro al mío.

Miro sus profundos ojos azules por un momento y luego tomo posesión de su boca con la mía.

Follando apasionadamente su hermosa boca.

Mis manos están entrelazadas en su cabello mientras lo jalo suavemente.

"Ahhhhh ..." Lydia gime en mi boca.

Lydia comienza a quitarme la blusa y luego el sostén negro.

Ella se detiene para lamerme cada pezón.

Luego le quito su camiseta rosa y su sujetador de encaje también rosa.

¡Dios!

Ella realmente tiene un cuerpo increíble y con senos llenos y opulentos.

Deben ser al menos una copa D, quizás doble D.

Tomo sus senos flexibles en mi boca y le chupo un pezón.

Pellizco el otro para que no se sienta excluido.

Mientras trabajo sus senos, ella comienza a desabotonarse los jeans y luego me desabrocha los míos.

Le suelto los senos y Lydia me empuja hacia el sofá.

Me quita el aliento, ¡se ve tan sexy!

No puedo creer que esto esté sucediendo.

No puedo creer que sienta esto tan fuerte por ella.

Lydia pone sus dedos en mi cintura y baja mis pantalones.

Intento ayudarla, intentando patearlos.

Finalmente ella tira de ellos y se liberan de mis pies.

Estoy acostada allí en su sofá completamente desnuda, excepto mi tanga negra.

Ella levanta mi pie y comienza a chuparme los dedos del pie izquierdo.

Luego me besa en su camino hasta mi pierna, hasta mi muslo interno.

Luego comienza de nuevo en mis dedos de los pies en mi pie derecho y sube por mi pierna hasta mi muslo interno.

Suaves y cálidos besos calientan mi piel.

Estoy respirando más pesadamente que antes.

Puedo oler las velas con aroma de coco que encendió antes.

Me encanta el olor de la playa y ahora me recuerda a sus ojos azul océano.

La miro y ella me está mirando atentamente, mientras deja un rastro de besos en mi piel pálida.

Cuando llega a mi coño, primero lame ambos lados de mis labios exteriores.

Luego tira de mi tanga hacia un lado y mueve la lengua sobre mi clítoris hinchado.

Ella lo hace una y otra vez.

Yendo cada vez más rápido.

Luego sumerge su lengua en mis labios internos y comienza a lamer.

Ella toma los jugos que ya están presentes en mi coño mojado.

Luego comienza de nuevo a chupar mi clítoris.

"¡Joder, Lydia! ¡Oh, Dios mío! se siente tan jodidamente bien cariño" Le digo entre respiraciones.

Me agacho y pongo mi mano en su cabello y juego con mis tetas con mi mano libre.

Pero ella toma mis manos y las coloca a cada lado de mí y continúa chupando sin perder el ritmo.

Ella es dominante e implacable y eso me excita aún más.

Sigue chupando y ahora sus dedos están trabajando en mi coño empapado.

No sé cuánto más puedo soportar antes de caer hacia el orgasmo.

"¡Oh! ¡Dios mío!" yo grito cuando mi cuerpo comienza a temblar.

Lydia está tratando de agarrarme de las manos mientras me muevo bajo su hábil boca.

"Está bien, déjalo ir. Deja de aguantar y encuentra tu liberación". Ella me anima.

Sus palabras fueron lo que necesitaba escuchar y me solté.

Ella soltó mis manos y me sostuvo el culo mientras continuaba comiendo mi coño.

Me empecé a venir muy fuerte.

Mi cuerpo estaba convulsionando.

Olas de éxtasis comenzaron a bañarme.

Estaba flotando cada vez más lejos de la realidad.

Hasta que acabé del orgasmo más increíble que he tenido en mi vida.

CAPÍTULO VII

Una vez que recuperé el aliento, Lydia me besó en mi cuerpo, tomándose su tiempo en mis tetas.

Luego siguió hacia arriba y me siguió besando en la boca.

Podía saborear mis jugos en ella.

Sabía tan dulce mezclado con su brillo de labios color cereza que sentí que estaba allí, en ella. ahora.

El aroma de las velas que se mezclaban me estaba volviendo a emocionar.

La agarré y volteé para que estuviera debajo de mí.

La besé con fuerza, mordiendo y tirando de su labio inferior.

Esto la hizo gemir.

Me puso la mano en la cara y me frotó la mejilla con el pulgar.

Fue tan dulce y me hizo sonreír.

Nos miramos a los ojos por un momento.

Entonces comencé a besarle la oreja.

Mordisqueando y chupando ligeramente el lóbulo de su oreja.

Ella comienza a tararear.

Me encantó el sonido que hizo porque le gustaba lo que estoy haciendo.

Comencé a moverme y besarla por su cuello, a través de su clavícula y hasta su pecho.

Ella está jugando con mi cabello.

Lamo entre sus enormes pechos, asimilando su olor como lo hizo conmigo.

Luego sigo bajando a su ombligo.

Ella tiene un estómago apretado con abdominales increíbles.

Le lamo el ombligo y le meto la lengua.

Luego comienzo a moverme más al sur.

Le beso en las caderas y luego en la pequeña pista de aterrizaje que conduce a su coño mojado.

Respiro hondo y ella huele muy bien.

Su tarareo se hace más fuerte cuando llevo mi primera lamida al coño de esta mujer.

Ella sabía dulce como un durazno.

Levanté la vista para ver si lo estaba disfrutando, y tenía los ojos cerrados, la boca abierta, y me di cuenta de que estaba jadeando.

Parece que ella lo está disfrutando.

Sigo lamiendo y explorando su coño con mi lengua.

Encuentro su clítoris y lo golpeo con la lengua rápidamente y luego empiezo a chuparlo.

Las manos de Lydia inmediatamente van a mi cabeza mientras ella me indica que continúe.

Así que sigo chupando su clítoris.

Luego deslizo un dedo en su coño.

Es muy apretado.

No puedo evitar preguntarme si alguna vez ha estado con un hombre antes.

Trabajo su coño hasta que la aflojo un poco y luego deslizo otro dedo.

Sigo chupando y lamiendo su clítoris mientras la follo con mis dedos.

Luego puse mi pulgar en su apretado agujero del culo y comienzo a frotarlo.

Esto continúa por un tiempo y empiezo a sentirla temblar.

Sé que está cerca, así que realmente empiezo a bombear más rápido mis dedos dentro y fuera de su apretado coño.

Chupo más fuerte su clítoris y froto su culo más rápido.

Se aferra a mi cabeza con más fuerza y comienza a empujar su pelvis mientras se pone dura.

Sus jugos comienzan a salir de ella y tomo todo lo que puedo atrapar con mi boca.

Ella comienza a bajar de su orgasmo por lo que acaricio ligeramente su cuerpo mientras ella comienza a retorcerse.

Me detengo.

Levanto la mano y la beso.

"¡Eso fue increíble Lydia! ¡Me encantó verte venirte así!" Le dije.

"¿Estás segura de que no te interesan las mujeres? ¡Lo que es seguro es que sabes cómo usar esa boca tuya!" Ella me preguntó.

"No, no me interesaban. ¡Pero espero que tampoco sea la última vez que lo haga!". Le digo con una sonrisa lasciva en mi rostro junto con sus jugos.

"Yo espero que tampoco. ¡Quiero que me hagas eso muchas veces más!" Dijo Lydia con una sonrisa satisfecha.

FIN